Ruska Jorjoliani

Du bist in einer Luft mit mir

Roman

Aus dem Italienischen von Barbara Sauser

EDITION BLAU

Belletristik im Rotpunktverlag

Die Herausgabe dieses Buchs wurde durch das Georgian Book Center und das Ministerium für Kultur und Sport unterstützt.

Die Übersetzung basiert auf einer von der Autorin leicht überarbeiteten Fassung der Originalausgabe.

Die Übersetzung dieses Buchs wurde von der Schweizer Kulturstiftung Pro Helvetia gefördert.
Der Verlag und die Übersetzerin bedanken sich hierfür.

prohelvetia

Der Rotpunktverlag wird vom Schweizer Bundesamt für Kultur mit einem Struktur-beitrag für die Jahre 2016–2020 unterstützt.

Die Originalausgabe ist 2016 unter dem Titel *La tua presenza è come una città* bei Corrimano Edizioni erschienen.

Lektorat: Daniela Koch

Umschlagbild von Sergej Michailowitsch Prokudin-Gorski: Bambus-Hain. Tschakwi, Georgien, zwischen 1905 und 1915

Umschlag und Satz: Patrizia Grab

Druck und Bindung: Friedrich Pustet, Regensburg

1. Auflage 2018
ISBN 978-3-85869-793-6

Dieser Titel ist auch als E-Book erhältlich.

Du bist in einer Luft mit mir.
Wie eine Stadt kann ich dich spüren,
Wie dieses Kiew vor den Türen,
Getaucht in Stille, heißes Flirrn
…

Boris Pasternak
(Deutsch von Andreas Tretner)

Inhalt

Kleines einführendes Glossar

(erstellt von einem bejahrten Bibliothekar und Gehilfen eines großen russischen Dichters)

LANGEWEILE Seit Ewigkeiten kämpfe ich gegen die Langeweile, wie der Stein einer alten, moosbewachsenen Mühle, die nur noch ihren Träumen von Wasser nachhängt, wie ein Philosoph mit seiner inzwischen für überholt erklärten, jahrhundertealten Dichotomie zwischen Leib und Seele, wie ein hinfälliger, blauer Papagei. Ich bin so gelangweilt, dass ich keine besseren Metaphern finde. Überlegt gern selbst und versetzt euch bei dieser Gelegenheit auch gleich in mich hinein, wie ich eine Sekunde innehalte und denke: Was, wenn mir eines Tages auch dieser Kampf gegen die Langeweile langweilig werden sollte? Ich jedenfalls sage mir, nachdem ich nochmals kurz überlegt habe: Hör schon auf, alter Witzbold, lass deinen absurden, flirrend blauen Federschopf sinken, stopfe das Guckloch über dem Abgrund ein für alle Mal zu und begieße die Sache mit einem Schluck Wodka.

KLISCHEE Das hier wäre also der geschätzte Gehilfe des ebenso geschätzten Dichters, sagst du und

9

siehst sofort einen bärtigen Hanswurst mit geröteten Säuferaugen vor dir. Ja, ganz nach dem guten alten Klischee vom Literaten, aber mit den Klischees sollte man vorsichtig sein, manchmal treffen sie nämlich auch zu. Allerdings könnte das mit dem Zutreffen ebenfalls ein Klischee sein. Haben wir es hier also mit dem Klischee der Klischees zu tun? Irgendwann muss man aufhören mit den Sophismen, sonst fällt man in einem Labyrinth einsamer, haltloser Behauptungen tausend Minotauren zum Opfer.

SIEGEL Ja, solche schlaflosen Spaziergänge, solche Momente trauter Zuflucht auf den bereits begangenen Wegen, erleben nur alte Leute. Im Hintergrund eine ganze Welt aus im Lauf der Jahre schäbig gewordenen Mänteln, Büchern voller Kommentare, Fotos von Neugeborenen und Hochzeitspaaren, die einen tatsächlich aufgenommen, die anderen nur im Siegellack vor den großen Türen unseres Gedächtnisses eingeprägt.

BILD Ein bestimmtes Foto hat sich mir eingeprägt wie das Gefühl süßen Triumphs beim ersten erhörten kindlichen Gebet. Ich, ein etwas unbeholfener Junge von etwa zwölf Jahren, bin im Profil zu sehen, halte ein verängstigtes Kaninchen auf dem Arm und beuge mich vor zu einem anderen Jungen in Kniebundhosen aus braunem Tweed. Er lächelt, wie mein Spiegelbild, und streichelt das Kaninchen. Ein so zartes, flauschiges Tier ist mir nie wieder untergekommen. Auch Kniebundhosen gibt es nicht mehr, glaube ich. Man kann sich heute alles Erdenkliche beschaffen: Selbst ein Raumschiff würde man dir nach Hause bringen, und wenn du dich ein wenig anstrengst, kannst du auch zweimal in denselben Fluss steigen – du berechnest die Geschwindigkeit des Wassers und flitzt an eine Stelle, wo dieselbe Strömung vorbeikommt. Aber ich weiß nicht, ob man den Blick auf das erste, wehrlose Tier, das man im Arm gehalten hat, wiederholen kann, und ebenso wenig, ob der Junge auf dem Foto noch existiert. Vielleicht ist es das Beste, man landet mit dem Raumschiff an einem ruhigen Ort, betrachtet den vorbeifließenden Fluss, hebt dann vielleicht einen Stein auf, der einem zufällig unter die Augen kommt, reibt ihn sauber, hält einen Moment inne und wirft ihn ins Wasser.

GROSSE GEFÜHLE Auch solche Gefühlsüberflutungen erleben nur alte Leute. Es braucht schon ein gehöriges Maß an Selbstbeherrschung, um nicht ins Rührselige abzudriften, wenn die großen Türen aufschwingen, sei es wegen eines bestimmten Geruchs, einer weiblichen Haarlocke oder der geometrischen Muster von Zugrädern. Selbst einem Holzklotz wie mir kann es passieren, dass er sich einfach nur dort auf dem Foto ins Gras legen möchte (siehe Stichwort *Bild)*, über sich den Himmel, neben sich den Gefährten und das Kaninchen, das um ihre Schuhe herum Gras mümmelt, während sie beide über alles Mögliche reden. Die Sonne geht unter, aber sie denken weder daran, nach Hause zu gehen noch daran, größer zu werden.

SPIEL Als ich *Lord Jim* von Conrad zum ersten Mal las, in der Übersetzung von Kriwzowa (das war in den Achtzigern), erkannte ich in Lord Jim sofort ihn – dieselbe Verschlossenheit, dieselbe Jugendlichkeit –, während ich sein Marlow war: wankelmütig und träge. Und auch wenn alles schon von fähigeren Autoren als mir aufgeschrieben worden ist (sogar der Teil über mich und vielleicht auch mein Tod), habe ich verstanden, dass man aus jedem Menschen eine Landkarte von unendlicher Nutzlosigkeit gewinnen kann: Ein sich aufbäumendes Seepferdchen pflügt über den Grund eines riesigen, fischförmigen Aquariums in einem kreisrunden Zimmer... Oh, Jim, Lord Jim, geh zurück an Bord!

BIBLIOTHEK Früher hieß sie Lenin-Bibliothek. Jetzt, zu Beginn des 21. Jahrhunderts, ist daraus die Solschenizyn-Bibliothek geworden. Seit über vierzig Jahren leisten die Bücher und ich uns hier gegenseitig Gesellschaft. Trotzdem würde ich mich als nur mäßig lesefreudigen Bibliothekar bezeichnen.

BRIEFE Davon wird es wimmeln in dem Roman, der auf den nächsten Seiten folgt. Ich glaube, wie die Briefe sind auch die Sprichwörter eine Art Luftstöße aus einem alten Weisheitsventil, das sich von Zeit zu Zeit öffnet und diejenigen von uns anbläst, die die Geduld und die Fähigkeit haben, die bedeutsame, fröhliche Seite des Lebens zu erfassen. Ich muss gestehen, dass ich selbst dazu nicht fähig bin, aber dennoch nicht darauf verzichten kann, Briefe zu schreiben. Unterhaltsames kommt dabei nie heraus, sie sind überladen und manchmal sogar peinlich. Andererseits ist ein Brief, ob er nun heiter ist oder nicht, einfach so beschaffen, sonst ist es kein Brief, sondern etwas anderes. So wie man von Zuneigung nur sprechen kann, wenn sie in abstoßender Fülle vorhanden ist. Bevor ich mit diesem Geschwätz aufhöre, möchte ich noch anfügen, dass ein Brief ähnlich ist, wie wenn eine alte Tante, die ganz allein irgendwo weit weg lebt und plötzlich das Gleichgewicht verliert. Sie kommt ab und zu mit einer Tüte Süßigkeiten auf Besuch, und an einem Winternachmittag begleitet sie uns auf den nahen Spielplatz. Und nun stellen wir uns vor, diese liebe Tante käme auf dem vereisten Gelände unversehens zu Fall, natürlich ohne einen Kratzer davonzutragen, und wir würden lachen. Genauso funktioniert ein schöner Brief.

ESSBARES Aber wenn dann gewisse Tage nach Lachspiroggen riechen (eine Spezialität meiner Frau Ljuda), jage ich die Negative sämtlicher Fotos, auf denen weder weibliche noch kulinarische Leckerbissen dargestellt sind, zum Teufel. Nicht einmal das dicke Kaninchen (siehe erneut Stichwort *Bild)* entkäme mir, ich würde es augenblicklich in einen herrlichen Teller Fleischklößchen mit Soße verwandeln, gut gewürzt, mit etwas Petersilie. Dann aber, zwischen zwei Gängen, mischt sich durch die Dienstbotentür des Gedächtnisses der brillengefilterte Blick der fraglichen Person ein, und ohne den Mund aufzumachen, sagt er: »Törichtes Lächeln, törichtes Lächeln der Welt.« Und ich schiebe den Teller weg, hinterlasse Ljuda wie abgenagte Knochen zwei Worte und suche die Dienstbotentür, um sie zu schließen oder um alles zu schließen, ausgenommen diese Tür.

ER Nennen wir ihn Kirill.

Erste Schreie

Über Kirills Anfänge erzählte man sich, seine Mutter Schoschanna Sokratowna, ein nicht besonders gesprächiges, jüdisches junges Mädchen, habe, als sie ihrem Mann, dem frischgebackenen Geisteswissenschaftler Dimitri Gawrilowitsch anvertraute, dass sie abzutreiben gedenke (»Oh Dima, es gibt keinen anderen Ausweg«), auf das schief in den Angeln hängende Fenster gestarrt und sich dabei in den zierlichen Arm gekniffen. Ihr Dima soll daraufhin »Wie bitte?« gerufen und der Hand seiner Ehefrau, die von ihrer Haut nicht abließ, mit einem entschlossenen Klaps Einhalt geboten haben. »Und wenn er als Dichter geboren wird?«

Was meine Geburt betraf, erzählte man nur von einem Fetzen Papier, den meine Mutter Alina Petrowna, eine abergläubische Bäuerin aus dem Kuban, während der Entbindung fest in der Hand gehalten haben soll. Vor der Ankunft des Arztes hatte sie sich noch zum Schreibtisch meines Vaters Viktor Bulatowitsch geschleppt, hatte den schweren Bauch darauf abgesetzt wie eine Einkaufstasche, dann eine Seite aus einem dort liegenden Notizbuch herausgerissen und mit einem stumpfen Bleistift geschrieben: *Lieber Gott, mach, dass er nicht wird wie sein Vater, dieser Mörder.*

Später kam »dieser Mörder« nach Hause, ein junger Ingenieur, der geschworen hätte, in seinem Leben vielleicht höchstens einmal eine Wachtel getötet zu haben. Als er die erschöpft auf dem Bett ausgestreckte Wöchnerin sah, zuckte er zusammen. Ob vor Freude oder aus Verzweiflung, erfuhr man nie genau. Doch als er dann seine Lippen an die Stirn der Frau führte – noch bevor er mich in den Arm nahm, dieses runzlige, in alte Laken gewickelte Wesen, das aussah wie eine rosafarbene Wurzelknolle –, erblickte er den blauen Papierfetzen auf der Bettdecke und wusste sofort, woher der stammte.

Das Notizbuch bedeutete meinem Vater viel. Er brauchte es, um darin alle seine großartigen Projekte aufzuschreiben. Nie verzieh er seiner Frau diese leichtfertige Tat. Nie fragte er nach, wozu sie den Papierfetzen benötigt hatte. Er brummte irgendetwas und warf sich, ohne die alten Filzstiefel auszuziehen, auf das Bett.

II.

Der Traum

In fast jedem russischen Roman gibt es ein Kapitel über einen mal mehr, mal weniger sonderbaren, mal mehr, mal weniger warnenden Traum, und normalerweise ist das der langweiligste Teil. Wappnet euch also mit Geduld und seid bereit, den Preis für eure Liebe zur prätentiösen russischen Literatur zu zahlen.

In meinem jüngsten Traum war ich, zwischen Phasen der Schlaflosigkeit, unterwegs zu einem unbekannten Ziel. Ich erreichte einen mir zunächst fremden Ort, aber nach einer Weile wurde mir klar, dass es sich um die Stadt G. im Gouvernement V. handelte, obwohl ich da nie gewesen war. Auf einer Anhöhe erahnte ich im Gegenlicht ein paar lädierte Schaukeln, die ich im ersten Augenblick mit ausgedienten Galgen verwechselt hatte. Als ich weiter ging, flatterte nach kaum zwei Schritten eine graue, fahrige Gestalt an mir vorbei – wie eine der verrückten Frauen, die man auf Gemälden von Bruegel findet. Ohne mich eines Blickes zu würdigen, murmelte sie etwas von Pilzen und eilte atemlos davon. Dann erschien ein seltsamer, völlig zerlumpter Mönch mit einem dicken Kater auf dem Arm. Er musterte mich mit so geweiteten Augen, dass es mir vorkam, als wären sie mir näher als sein restliches Gesicht, als würde ich sie durch zwei Vergrößerungsgläser sehen.

»Grüß dich, Geselle«, sprach ich ihn an, wie Baba Jaga im Märchen. »Suchst du das Abenteuer oder fliehst du das Unheil?«

»Du Dummkopf von Buchstabenhüter!«, sagte er unverblümt.

»Bitte?«

»Du hast richtig gehört.«

Seine Stimme klang so hölzern, als hätte ein blutiger Anfänger von Schreiner sie mit dem Hobel bearbeitet.

»Das sagst ausgerechnet du, ein Bewohner von Glupow!«

»Oh nein, Jüngelchen«, sagte er kopfschüttelnd, »du darfst doch den Namen der Stadt nicht nennen, erinnerst du dich nicht?« Er streichelte den Kater. »Ein wahrer Schriftsteller tut das nicht.«

Da hätten wir wieder einmal den üblichen dubiosen Geistlichen der russischen Literatur, dachte ich und sagte: »Was weißt du schon von wahren Schriftstellern?«

»Was ich von wahren Schriftstellern weiß?« Er senkte den Kopf und betrachtete den honigsüß blinzelnden Kater. »Genug, um mir im Klaren darüber zu sein, dass du keiner bist.«

»Mag sein«, antwortete ich, »dafür kann ich ausnahmslos alle Gedichte von Puschkin auswendig. Ich bin fähig, meinen Namen verkehrt herum in meiner normalen Handschrift zu schreiben. Ich kann dir die Distanz zwischen Glupow und Miroslaw in Millimetern sagen. Und wenn mir der Hut aus dem Zug fliegt, werfe ich auch meinen Kopf hinterher – was sollte der Finder schon mit einem Hut ohne Kopf anfangen?«

Er lachte.

»Kannst du zufällig auch Tote zum Leben erwecken?«

»Wie meinst du das?«

»Du weißt genau, wie ich das meine«, sagte er spöttisch. »Aber wann wirst du endlich einsehen, dass du nicht mehr wert bist als ein Friedhofshund, der ab und zu einen Knochen ausgräbt?«

Ich fürchtete, der Traum könnte abbrechen. Meine Nerven waren gespannt wie die Saiten einer Balalaika, an deren einem Ende der Schlaf, am anderen der Wachzustand zerrte, und ich hoffte, dass der Schlaf die Oberhand behalten würde, damit ich diesem Idioten noch eine Ohrfeige verpassen konnte. Aber ich sah ihn nicht mehr, weder ihn, noch den Kater, ich hörte ihn nur noch lachen, sich kaputtlachen, mit der kratzigen Stimme eines greisen Radiosprechers, die in einem alten Transistorradio hallt, leiser wird und schließlich ganz verstummt.

III.

Brief Nr. 1

Lieber Kirill,

ich schreibe Dir so, mon cher ami, *wie Dir Puschkin, Dein geliebter Puschkin, geschrieben hätte.*

Ich hoffe, »der reinsten Schönheit Genie« habe Dich noch nicht verlassen, in jener nebligen Stadt. Sei stark, lieber Bruder, wo Dir doch der graue Niedergang der großen Ideale erspart geblieben ist. Die Vision der Horizonte, für die die mildtätige russische Seele seit den Dekabristen brannte, ist verblasst. Auch wenn man von Anfang an einen großen Unterschied zwischen unseren Dekabristen und euren Bolschewiken erahnte. Traurig ist bekanntlich unser Schicksal, jedoch wollen wir die Segel der Hoffnung nicht streichen, Du meine unvergleichliche Seele. Widerstehe dem dunklen Sturm einer Übergangszeit, wie sie dem Wesen aller Epochen innewohnt. Widerstehe, aufrechter Mann, den Windböen, die Dich zuerst zu beugen und dann zu brechen suchen. Kehre ungebrochen aus dem gefürchteten Sibirien zurück. Du willst ebenso wenig sterben wie ich, das weiß ich. Du willst denken und leiden. Komm also zurück. Lass es nicht zu, dass der Sonnenuntergang sein Abschiedslächeln auch an Dich richtet.

Immer Dein Alexander

Kommentar zu Brief Nr. 1

An jenem Oktobertag (siehe *Bild*) versprachen Kirill und ich uns gegenseitig, dass wir künftig unsere Lieblingsdichter, Puschkin und Lermontow, in allem nachahmen würden: im Sprechen, im Schreiben, in der Kleidung.

»*Je le promets, mon cher ami*«, sagte ich feierlich, nahm einen rissigen Ast und stützte mich darauf wie auf einen Spazierstock.

Kirill trat schmunzelnd zu mir.

»Der Graf hätte uns vielleicht für doof gehalten.«

Graf war der Titel, den unsere naive Bruderschaft Kirills Vater verliehen hatte – dem glücklosen Literaten Dimitri Gawrilowitsch.

»Quatsch, der Graf hielt große Stücke auf Puschkin«, sagte ich und reichte ihm meinen behelfsmäßigen Spazierstock. »Probieren Sie den mal aus, *Monsieur!*«

Kaum hatte er sich in Pose geworfen, wobei er damit eher an einen Krüppel als an einen romantischen Dichter erinnerte, fiel ihm das schaumige Exkrement eines nicht näher identifizierten gefiederten Wesens auf den Kopf. Er fuhr sich über das Haar, führte die Hand dicht vor die Augen, bis sie fast seine Nasenspitze berührte (er war so kurzsichtig, dass er eine Tupolew nicht von einem Vogel unterscheiden konnte), und zog eine angewiderte Grimasse. Ich rief: »*Mesdames et Messieurs*, hiermit präsentiere ich Ihnen den großen russischen Dichter Kirill Dimitrijewitsch Exkrementow!«

IV.

Die Väter

Sie machten ihre üblichen dämlichen Gesichter, seine neun Schüler, als Dimitri Gawrilowitsch während des Unterrichts plötzlich in seiner Rede abbrach, aus dem Fenster blickte und sagte: »Diese Eiche hat ihr Leben gelebt. Man sollte sie fällen, bevor jemand auf die Idee kommt, raufzuklettern, und den dürren Stamm zum Kippen bringt wie den Mast eines brennenden Schiffs.«

Dieses zerfurchte Stück Holz mitten auf dem Schulhof hatte ihn schon immer an einen anderen Baum erinnert, an eine Linde. Aber da, wo er jetzt war, in der Gewalt dieser Wellen, hatte all das ohnehin keine Bedeutung mehr. Vor allem hätte er unbedingt selbst auf diese Eiche steigen sollen, solange es noch nicht zu spät dafür gewesen war. Da ihm der Mut fehlte, sich zu erhängen, hätte er wenigstens hinunterstürzen können, wenn nicht als Matrose, so wenigstens als tüchtiger Schiffsjunge.

Solche Gedanken quälten Dimitri im tristen Laderaum des Dampfers *Gleb Bokij*, der ihn zusammen mit einem Dutzend weiterer Gefangener an die vereisten Küsten der Solowezki-Inseln im Weißen Meer bringen würde. Ja, er hätte die Gelegenheit nutzen sollen, die ihm die Eiche vor der Schule geboten hatte, dachte er, während heftige Wellen gegen das Schiff schlugen. An seiner Linde hätte er sich ja höchstens erhängen können, und da sie dies bereits einmal durchgemacht hatte, verdiente sie etwas Respekt, schließlich gab es auch in Bezug auf den Brauch, schmutziges Menschenfleisch an wehrlosen Bäumen aufzuhängen, gewisse Anstandsregeln.

Dimitri war schon immer klar gewesen, dass nur Leute, die selbst noch nie mit zitternden Fingern eine Schlaufe geknotet haben, glauben, sich zu erhängen sei einfach eine Frage baumelnder Füße. Als Kind noch hatte er seinen Großvater einmal im Geräteschuppen mit einem Seil hantieren sehen, hatte aber nicht besonders darauf geachtet und war zu seinen Spielgefährten zurückgekehrt. Später, als er dem Ball nachlief, erblickte er an einem hohen, kräftigen Ast der Linde, die hinter dem Haus auf der Wiese zwischen dem Hühnerstall und dem Sonnenblumenfeld stand, auf einmal ein schaukelndes Etwas. Zuerst dachte er, sein Großvater habe eine Falle aufgehängt, um irgendein Tier anzulocken. Dann trat er ein paar Schritte näher und erkannte als Erstes das kleine Dreieck aus bläulichem Fleisch, das aus dem halb geöffneten, starren Mund des Mannes ragte, der nun eine entfernte Ähnlichkeit mit seinem Großvater aufwies.

Auch nach all diesen Jahren, auch im Bauch dieses Schiffs, das so rostig war wie eine ins Meer geworfene Blechdose, selbst in dieser Leere gelang es Dimitri noch, sich das Bild des erhängten Großvaters präzise in Erinnerung zu rufen.

Bis zu seiner Heirat mit Schoschanna Sokratowna hatte er in Angst und Schrecken gelebt. Nie schlief er ein, ohne kontrolliert zu haben, dass im Haus nichts vorhanden war, was an ein Seil erinnerte. Vielleicht war er ja, ohne es zu wissen, ein Schlafwandler, und dann hätte alles Poetisch-Romantische nichts mehr geholfen: Sonne plus Seil ergab einen bei Tageslicht Erhängten, Mond plus Seil ergab einen bei Mondschein Erhängten. Schweren Herzens trennte er sich später auch vom Gürtel seines einzigen Bademantels, dem Hochzeitsgeschenk von Schoschanna.

Dort an dem Ufer, wo ihn der Dampfer absetzen würde, wäre er von diesen Sorgen befreit. Inzwischen war Wasser in den Laderaum eingedrungen, und um Dimitris Füße herum trieben Säcke, Decken, Schuhe, aller mögliche Unrat. Alle Häftlinge waren seekrank, und draußen war es stockdunkel, Wellen tosten.

Er hielt die Jacke zu, zog den Hut tiefer über die Ohren und ließ sich auf zwei übereinandergestapelten Koffern nieder. Dann, vielleicht um nicht an das lächerliche Bild zu denken, das er so abgab, schweiften seine Gedanken erneut in die Vergangenheit, aber diesmal noch weiter, von Erinnerung zu Erinnerung bis zu jener Begegnung zurück.

Um in Miroslaw von irgendwo nach irgendwo zu gelangen, führte der Weg unweigerlich über die schlammige Hauptstraße mit ihrem von einzelnen Pferdemistinseln unterbrochenen Linienmuster, das von den Karrenrädern herrührte. Genau dort, unweit der Kirche, an jener von Holzhäusern mit dunklen Giebeldächern gesäumten Straße, war es viele Jahre zuvor auch zu jener allerersten Begegnung gekommen. Sein Großvater war mit ihm unterwegs zum Diakon Sergej gewesen, um ihn zu bitten, den Enkel zu unterrichten, und da trafen sie auf das Duo aus Vater und Sohn, mit denen noch niemand die Gelegenheit gehabt hatte, sich zu unterhalten. Man wusste nur, dass der stutzerhafte Herr Tierarzt war, in einer großen Stadt gelebt hatte und dass dank ihm etwas zuvor beinahe Unbekanntes Eingang in ihre Gemeinschaft fand, etwas, das immer unter seinem Arm klemmte, nämlich die Zeitung.

An jenem Tag trug der Mann ein Jackett und eine braune Weste, über die sich auf der einen Seite eine Uhrenkette spannte. Dimitri glaubte zuerst, Tschernyschewski höchstpersönlich sei einem Buch entsprungen und grüße gerade seinen Großvater, doch verwandelte sich der Schriftsteller gleich wieder in den unbekannten, erst kürzlich im Dorf eingetroffenen Tierarzt, denn da war ja auch dieses Kind, ungefähr so groß wie Dimitri selbst, das sich am Zipfel des väterlichen Jacketts festhielt, und auf keinem Porträt Tschernyschewskis hatte Dimitri je ein Kind gesehen.

»Guten Tag«, wandte sich der Mann an den Großvater, »ich suche das Haus des Diakons.«

Der Großvater antwortete, er wolle auch gerade zu ihm. So gingen sie gemeinsam weiter und unterhielten sich über die jüngsten Zeitungsmeldungen und insbesondere über einen klein gewachsenen Mann, der mit der Eisenbahn aus einem fernen Land angereist war und nun das Leben vieler Menschen veränderte. Dreckspritzer beschmutzten die elegant geschnittene Hose des Tierarztes, der hin und wieder auf den Boden und dann mit einem Seufzer zur fahlen Sonne blickte, die sich hinter einem Wolkenvorhang versteckte. Der Großvater hingegen fixierte einen unbestimmten Punkt vor sich.

»Wo es ein größeres Übel gibt, verliert das kleinere seine Bedeutung«, bemerkte der Tierarzt und zog sei nen trägen, schmollenden Sohn heftig zur Seite. »Pass auf, wo du deine Füße hinsetzt, Viktor.«

Das Kind schnitt eine Grimasse und wich der Pfütze missmutig aus.

»Ein Übel ist immer ein Übel, Batjuschka«, antwortete der Großvater.

»Stellen Sie sich einmal vor, Sie wären auf der Flucht vor einem Bären und stünden plötzlich vor einem reißenden Fluss. Was würden Sie tun? Stürzen Sie sich in den Fluss oder greifen Sie den Bären an?«

»Weder noch.«

»Das geht nicht. Sie müssen sich entscheiden!«

»Dann entscheide ich mich für den Fluss. Ich kenne ihn besser.«

»Aber dann sterben Sie, das wissen Sie.«

»Vielleicht.«

Als sie vor dem alten, dunklen Haus ankamen, wurden Dimitri und das Kind namens Viktor vor der Schwelle zurückgelassen, wo die beiden sich gegenseitig musterten, ohne ein Wort zu sagen. Nach einer Weile kam der Diakon hinaus, führte die Jungen in ein Zimmer, das er mit einem Schlüssel aus dem großen Schlüsselbund an seinem Gürtel öffnete, und hieß die beiden, auf ihn zu warten. Von draußen drangen noch die Stimmen des Großvaters und des Tierarztes herein, die sich vom Diakon verabschiedeten und, gemächlich davonspazierend, ihre Unterhaltung fortsetzten. Ihre Worte schwebten durch die Morgenluft wie Blütenstaub, als hätten sie sich aus der Zeitung herausgelöst.

Mit einem Aufprall kam der Dampfer zum Stillstand. Dimitris Kopf schlug gegen einen dick eingemummelten, triefäugigen Mann, der ihn anknurrte und wegstieß. »Zum Aussteigen bereit machen!«, dröhnte die

Wache. In Dimitris Stiefeln gluckerte es wie in Wasser-
eimern, als er sich mithilfe der Ellbogen einen Platz in
der Reihe sicherte, und dann hob sich die Heckklappe
langsam, und ein eisiger Wind drang ihm bis in die
Knochen. Dimitri Gawrilowitsch sah, was er sehen
musste, sah das, worauf er sich seit Jahren, vielleicht
schon sein ganzes Leben lang vorbereitet hatte, überlegte, dass dieses Stück Erde, das sich wie eine väter-
liche Hand über die aufmüpfigen Wellenkämme gelegt
hatte, letztlich auch nicht schlechter war als viele andere Orte und dass er zwar kein Pferd besaß, aber die
Furt dieses seinen letzten Flusses auch zu Fuß durch-
waten konnte.

V.

Das Verhör

»Vorname und Name.«

»Viktor Almasow.«

»Vatersname.«

»Bulatowitsch.«

»Geburtsdatum und Geburtsort.«

»Meine Mutter hat mich zu Hause bei ihren Eltern in Suchumi geboren. Sie sagte immer, das sei im Herbst 1908 gewesen.«

»Unseres Wissens sind Sie am 14. Februar geboren.«

»Umso besser für Sie.«

»Ihr Beruf.«

»Ingenieur.«

»Wann sind Sie in die Partei eingetreten?«

»Als ich mein Studium am Polytechnikum begann.«

»Warum erst dann?«

»Davor hatte ich nur Mädchen im Kopf.«

»Passen Sie auf, was Sie sagen, Genosse Almasow.«

»Das tue ich immer.«

»Gut. Dann erzählen Sie uns, ob Sie einen gewissen Dimitri Gawrilowitsch Florensow kennen.«

»Wir sind befreundet.«

»Gut. Wo und wann haben Sie ihn kennengelernt?«

»Wo und wann haben Sie Ihre Nase kennengelernt?«

»Genosse Almasow, wir verlieren so nur Zeit.«

»Ich meine es wortwörtlich: Seit wann kennen Sie Ihre Nase? Seit Ihrer Geburt? Seit der ersten Erkältung? Seit Sie als Kind zum ersten Mal eine Faust ins Gesicht bekommen haben? Sie erinnern sich nicht, oder? Genauso ist es bei mir, ich erinnere mich nicht, wann ich Dimitri Gawrilowitsch kennengelernt habe.«

»Genosse Almasow, machen Sie Witze?«

»Nichts liegt mir ferner.«

»Dann strengen Sie Ihr Gedächtnis an.«

»Nun, vielleicht habe ich ihn zum ersten Mal im Zentrum von Miroslaw gesehen, in der Nähe der Lenin-Statue, die es damals noch nicht gab. Er war mit seinem Großvater unterwegs, ich mit meinem Vater. Wir wohnten noch nicht lange hier und suchten das Haus des Diakons.«

»Gut. Nun sagen Sie uns, ob es stimmt, dass der Bürger Dimitri Gawrilowitsch Florensow – geboren am 15. September 1907 in Miroslaw in der Provinz S., Lehrer für russische Literatur an der hiesigen Hauptschule Nr. 2 – sich am 20. Februar 1934 eines im Besitz des sowjetischen Staates befindlichen Gegenstandes, nämlich eines mittelgroßen Porträts – 20 × 30 Zentimeter – des Genossen Wladimir Lenin, bemächtigt und davon auf unpassende Weise Gebrauch gemacht hat.«

»Na ja, wenn Sie mit *unpassend* meinen, dass er es genommen und …«

»Und?«

»… aus dem Fenster geworfen hat …«

»Präzisieren Sie das. Sie gehören zu den Augenzeugen und sind verpflichtet, uns eine genaue Beschreibung des Vorfalls zu liefern.«

»Ich hatte ihn in der Schule besucht. Wie immer haben wir ein bisschen geplaudert und Schach gespielt, und als ich mich auf den Nachhauseweg machte und gerade um die Ecke bog, hörte ich vom Schulgebäude her ein merkwürdiges Geräusch. Ich drehte mich um und begriff, dass irgendetwas aus dem Fenster geflogen sein musste, hinter dem Dimitri Gawrilowitsch unterrichtet.«

»Der Bürger Dimitri Gawrilowitsch Florensow hat nicht nur staatliches Eigentum beschädigt, sondern es auch an Respekt gegenüber unserem großen Vater und Parteigründer fehlen lassen.«

»Vielleicht hielt er den Platz neben Turgenjew, an einer der russischen Literatur gewidmeten Wand, für den falschen Ort.«

»Turgenjews Verdienste gegenüber dem russischen Volk sollen also größer sein als jene des Genossen Lenin?«

»Ich weiß nicht, ob *Verdienste* das richtige Wort ist.«

»Genosse Almasow, wir haben Sie nicht für eine philologische Beratung herbestellt.«

»In der Tat habe ich noch nicht verstanden, wozu ich hier bin.«

»Eine letzte Frage, Genosse Almasow: Haben Sie beobachtet, dass Ihr Freund Dimitri Gawrilowitsch Florensow die Revolution verraten hat?«

»Hören Sie, die Wahrheit ist, dass Dimitri Gawrilowitsch noch nie an irgendeine Revolution geglaubt hat.«

»Gut, das reicht. Sie haben uns sehr geholfen. Sie können gehen, Genosse Almasow.«

VI.

Der Diakon

Sie waren damals etwas angetrunken gewesen. Seit einiger Zeit genehmigten sie sich manchmal ein Gläschen, wenn sie im unbenutzten Abstellraum neben dem Schulzimmer, in dem Dimitri Gawrilowitsch russische Literatur unterrichtete, eine oder mehrere Partien Schach spielten. In der vorletzten Nacht hatte man den Schulleiter aus dem Bett geholt und in einen Kastenwagen Richtung Moskau gesteckt, allem Anschein nach für Abklärungen im Zusammenhang mit der Rede, die er zu Lenins Todestag gehalten hatte.

»Ich war dort«, sagte Dimitri, »er hat nichts anderes gesagt als sonst auch. Er hat dieselbe Rede abgelesen, die er seit fünf Jahren hält, ohne daran auch nur ein Komma zu ändern.«

»Das ist unmöglich. Du musst etwas überhört haben«, antwortete Viktor. »Man verhaftet die Leute doch nicht wegen einer harmlosen Gedenkrede.« Er stellte sein leeres Glas geräuschvoll auf den Tisch.

»Es ist sehr schwierig geworden, mit dir zu reden. Wenn ich dir doch sage, dass ich dabei war und dass ich aufmerksam war wie immer! Und du glaubst mir nicht oder willst mir nicht glauben.«

»Lass uns lieber eine Runde Schach spielen«, sagte Viktor lächelnd.

Im Abstellraum standen ein Sessel, ein Hocker und ein Tisch mit einer Platte, die früher als Wandtafel gedient hatte, außerdem lagen auf einer lädierten Schulbank gleich bei der Tür ein paar Bände der *Anthologie der Lyrik der Welt*. Dieser Ort war in den letzten paar Jahren zum Refugium ihrer Freundschaft geworden, wo sie hin und wieder hastig einen kippten, sich ein paar Schmuggelzigaretten genehmigten und ein, zwei Partien Schach spielten. An jenem Februarmorgen jedoch drang durch das Fenster hinter Dimitri trübes, düsteres Licht herein, hing wie ein weitmaschiges Gewebe im Raum und lenkte die Blicke an den Brennpunkten vorbei auf die Ränder der Dinge, statt sie aufzuhalten.

Schon früher hatte es einmal eine ähnliche Meinungsverschiedenheit gegeben.

Fast die ganze Kindheit von Dimitri Gawrilowitsch und Viktor Bulatowitsch war eng mit der Michaelskirche verbunden. Vom Diakon Sergej hatten die beiden das kyrillische ABC gelernt und dazu ein paar Gebete, die sie bei jeder Gelegenheit aufsagen mussten. Aber diese Gelegenheiten waren nur Gelegenheiten für Zuwiderhandlungen. Gemeinsam zogen sie den armen Sergej am Bart, wenn er in seinem Sessel einnickte, gemeinsam simulierten sie mit gurgelnden Geräuschen Gebete.

Doch eines Tages entschwand Sergej. Es war die Zeit, als auf dem Land die Glockenblumen blühten und in der Stadt Aufruhr herrschte. Die Leute, aufgeregt und orientierungslos, weil sie keinen Zusammenhang zwischen der maßvollen Natur und dem brutalen

Leichtsinn der Menschen erkennen konnten, munkelten, der Diakon habe wohl einige »Weiße« in die Sakristei eingelassen, vermutlich die letzten verbliebenen Mitglieder der Bande des schönen Marodeurs Andrej Schkuro.

Jedenfalls war es Viktor, der ihn fand. Er wollte wie jeden Montag für den Grammatikunterricht zum Diakon gehen. Da die Tür nur angelehnt war, trat er ein. In der kleinen, dunklen Wohnstube, die auch als Küche und Schlafzimmer diente, mit einer Liege in der Ecke, sah Viktor den für zwei Personen gedeckten Tisch: zwei Teller mit dunklen, angeschlagenen Rändern, zwei vom Gebrauch verbogene Gabeln, eine Kupferschale mit zwei hartgekochten Eiern, von denen eines angebissen war. Plötzlich fühlte der Junge Übelkeit in sich aufsteigen. Er beschleunigte seine Schritte, durchquerte die Wohnstube und das kleine Nebenzimmer, das zum hofseitigen Garten führte und ebenfalls leer war. Er sah den Tisch, der ihnen als Schulbank diente, darauf das fleckige Tintenfass, und, an die Wand gelehnt, das braun lackierte Holzbrett, das sie als Tafel nutzten und auf dem noch graue Schlieren vom letzten Wischen sichtbar waren. Etwas bange öffnete Viktor die letzte Tür, jene vom Zimmer in den Garten, der dem Diakon besonders am Herzen lag. Und da fiel sein Blick auf eine schwarze Masse unter einem Strauch voller kleiner, weißer Blüten. Als er nähertrat, erkannte er als erstes Sergejs schmutzigen, zerzausten Bart. Zwischen den Augen klaffte ein dunkles Loch, Blut rann herab, lief über die linke Wange und bildete auf der Erde eine klebrige Lache. Es war, als hätten sich das Weiß der Blumen, das Schwarz der Soutane und das lebhafte Rot des Rinnsals in diesem Garten ein Stelldichein gegeben, um dem siechen nachmittäglichen Licht etwas entgegenzusetzen. Viktor schrie aus voller Kehle los, und am nächsten Tag war er zu heiser, um den Nachbarn, dem ganzen Dorf, den Weilern rundherum zu erzählen, was er gesehen hatte. Dimitri übernahm es für ihn.

Über den Tod des alten Sergej hörte man in diesen Tagen die wildesten Dinge. Die Gerüchte, die sich in den Straßen und Gassen von Miroslaw jagten, hätten nicht gegensätzlicher sein können. Viktor gehörte zur Gruppe jener, die die angebliche Bande von Andrej Schkuro für schuldig hielten: »Sicher haben die gottverdammten Weißen ihn um Wasser gebeten, und er hat ihnen Wein gegeben. Dann wollten sie Brot, und er hat ihnen Hostien gegeben. Am Schluss wollten sie sein Leben, und er hat ihnen auch dieses gegeben.« Ein anderer Teil der Bevölkerung von Miroslaw hatte hingegen keinen Sinn für Epen (zu ihnen gehörte Dimitri) und war der Ansicht, der Diakon sei nicht von den Weißen, sondern von den Roten hingerichtet worden, und zwar einfach deswegen, weil er die Revolution verraten beziehungsweise nicht unterstützt hatte.

Viktor und Dimitri zogen sich in ihr Geheimversteck zurück, eine Nische in der Sakristeiwand, die der Diakon als Schrank benutzt hatte, und stritten stundenlang über diese Geschichte. Die Kirche war zwar abgeschlossen worden, die beiden hatten jedoch einen Schlüssel, weil Sergej sie Sonntagfrüh einmal zum Aufschließen geschickt hatte. Sie wussten, dass der Diakon den Schlüsselbund, wenn er ihn nicht auf sich trug, in einer Schachtel unter dem Bett aufbewahrte. In der kühlen Nische versteckt, verteidigten beide ihre Version: Viktor gab den armseligen Verrätern von Weißen die Schuld, während Dimitri behauptete, die Weißen seien praktisch alle gestorben oder zumindest nach Europa geflüchtet. Bis sich eines Nachmittags der Fall schließlich von selbst klärte.

Zuerst hörten sie ein Rascheln, dann öffnete jemand die Tür, das Geräusch schwerer, regelmäßiger Schritte näherte sich ihrem Schlupfwinkel und erstarb plötzlich. Die beiden zitternden Jungen wurden von einer Vorahnung erfasst, die sich allmählich zur Gewissheit verfestigte. Sie stürzten aus dem Schrank wie aus einem brennenden Haus und stießen auf den verrückten Wolodja, den Glöckner der Kirche. Mit seinem wilden roten Bart, dem von einem Tick entstellten Mund und seiner schief aufgesetzten Fellmütze rief er ihnen nach: »Wenn ihr euch noch einmal hier blicken lasst, bringe ich euch um!«

Was dazu führte, dass Viktor und Dimitri sich versöhnten und ziemlich lange nicht mehr auf diese Geschichte zu sprechen kamen. Es gab keinen Grund mehr, sich in Bezug auf den mutmaßlichen Mörder des Diakons uneinig zu sein. Ohne Zweifel: Es musste der verrückte Wolodja gewesen sein.

VII.

Die Mütter

Schoschanna

Es war kurz vor Sonnenuntergang. Er kam mit dem
Schritt eines Mannes anmarschiert, der weiß, wo er
seine Füße hinsetzt. Fragte nach meinem Vater. Sagte,
er benötige eine Ausgabe des *Zeitgenossen,* die er nirgends finde könne, aber unbedingt für seine Diplom-
arbeit brauche. »Bitte«, sagte ich und wies auf die
Außentreppe, die direkt zum Arbeitszimmer meines
Vaters führte. Bis zur Revolution war er ein bedeuten-
der Buchhändler gewesen, nun verließ er sein Zimmer
nicht mehr.

Als er mit leeren Händen, vom Gezeter meines Vaters begleitet, zurückkam, sorgte ich dafür, ihm unten
an der Treppe zu begegnen, in dem ich so tat, als wollte
ich an der Leine zwischen den beiden Pfählen im Hof
Wäsche aufhängen. Er sah mich verwundert an und
sagte: »Die Sonne ist doch schon untergegangen, Fräu-
lein.« »Oh, stimmt«, fiepte ich, türmte die Wäsche wieder im Korb auf und stahl mich davon. Er blieb eine
Weile stehen und betrachtete mich im Licht der Abend-
sonne, während das Geschimpfe meines Vaters noch in
der Luft nachklang. Dann marschierte er endlich zum

Hof hinaus, mit dem Gang eines Mannes, der genau weiß, wohin ihn diese oder jene andere Straße führen wird.

Alina

Glücklich sind die Frauen, deren Liebe mit einem Blick anfängt. Bei uns sagt man nämlich: »Die beständigsten Ehen sind jene, die mit einem Verschwörerblick beginnen.« Die meine begann mit einem heftigen Stoß.

Es heißt, der Fluss Kuban ziehe seit je Männer an, die gern Waffen tragen und benutzen. An seinen Ufern haben schon viele tapfere Kosaken ihr Leben lassen müssen: die einen im Gefecht, die anderen beim Bankett nach dem Gefecht. Über solche Dinge dachte ich auf dem Nachhauseweg vom Markt gerade nach, als mich etwas mit Wucht von der Fahrbahn her erfasste und gegen das Geländer am Fluss drückte. Ich brachte zuerst mein Kopftuch in Ordnung und wandte mich dann um. Eine Gruppe milchbärtiger Soldaten auf Heimaturlaub hatte zum Spaß einen ihrer Kameraden gegen mich gestoßen, ein friedlich seiner Wege gehendes junges Mädchen. Alle brachen in Gelächter aus, nur einer – nämlich jener, der mich unfreiwillig beinahe in den Fluss befördert hätte – stand wie festgenagelt am Geländer und gab in regelmäßigen Abständen ein Brummen von sich.

Ich war wütend: »Schämt euch, Soldaten! In der Zeit der alten Kosakenkämpfer hätte keiner von euch mickrigen Rotznasen es gewagt, sich am Ufer des Kuban so schamlos aufzuführen.«

Ernst geworden, trat einer aus der Gruppe auf mich zu.

»Reg dich bloß nicht auf, du hässliche Jungf...«

Doch bevor er den Satz zu Ende sprechen konnte, versetzte ihm das Opfer ihres Scherzes einen Faustschlag mitten ins Gesicht. Die anderen begannen die beiden sofort voneinander abzuhalten. Herausfordernde Blicke wurden gewechselt.

Ich verzog mich. Geduckt strich ich das Geländer entlang. Bei uns gibt es eine Redensart: »Sieh keiner Prügelei zu, sonst kriegst Prügel auch du.« Keine fünfzig Meter später hörte ich hinter mir das Trappeln von Stiefeln. Ich drehte mich rasch um und erblickte direkt vor meiner Nase einen Adamsapfel, der sich auf und ab bewegte, immerzu auf und ab. Als sich dieser keuchende Monolith von Mensch endlich dazu durchringen konnte, zu reden, sagte er: »Weißt du, meine Großmutter hat mir früher immer Geschichten von den Kosaken erzählt.«

VIII

Das Porträt im Format 20 × 30

Kehren wir nun zurück zu unseren Helden keiner Zeit, der unseren nicht und schon gar nicht ihrer eigenen, nachdem wir sie anderthalb Kapitel lang in jenem Abstellraum neben dem Schulzimmer allein gelassen haben. Während wir uns mit dem Tod des Diakons und mit den beiden Gattinnen befassten, hat Dimitri Gawrilowitsch ein Schachbrett aus Pappe hervorgeholt und es am Tisch aufgeklappt. Viktor Bulatowitsch hat die erste Flasche geleert und dabei im Geist bereits die zweite an seinen Lippen gefühlt, die in seiner Manteltasche wartet. Als wir zu ihnen stoßen, sitzen sie sich gegenüber, starren beide auf die Figuren und reden immer noch vom Verschwinden des Schulleiters. Draußen klirrende Kälte.

Dimitri war der Ansicht, sie hätten ihn wohl bereits erledigt, den unglücklichen Schulleiter. Nach Viktors Dafürhalten handelte es sich hingegen um eine notwendige, ordnungsgemäße Abklärung durch die Parteiorgane, und daher würde man ihn in Bälde wieder laufen lassen.

»In letzter Zeit siehst du überall Mörder am Werk, Dima«, sagte Viktor. Er machte eine Rochade.

»Nicht übel, aber so leicht gebe ich die Deckung nicht auf«, antwortete Dimitri und musterte die gegnerische schwarze Königin, die von der Mitte des Spielfeldes aus seinen einsamen, weißen König im Visier hatte.

»Keine Bange, da ist keine Falle.«

»Du hast recht, ich sehe überall Morde«, sagte Dimitri, als hätte er den vorherigen Satz seines Freundes erst jetzt gehört, »aber nicht ohne Grund. Unser Schulleiter war ein harmloser Mann. Achtung, mach dich bereit zur Verteidigung!« Er platzierte seinen Springer in gefährlicher Nähe zu einem schwarzen Turm.

Ohne den Blick vom weißen Springer abzuwenden, zog Viktor die zweite Wodkaflasche hervor: »Glaubst du wirklich, dass du dich mit diesem Zug retten kannst?«

Dimitri streckte ihm sein Glas hin, und während Viktor es füllte, versuchte er dessen nächsten Zug zu erraten, jedoch erfolglos.

»Schach!«, sagte Viktor und trank sein Glas leer. Die schwarze Königin hatte das Feuer auf den weißen König eröffnet.

»In Ordnung, ich gebe auf«, sagte Dimitri mit einer wegwerfenden Handbewegung.

»Dazu ist es noch zu früh.«

Dimitri schirmte den König mit einem Läufer ab.

»Dann halt so.«

»Wunderbar«, sagte Viktor und rückte mit seinem Hocker etwas näher. »Du sagst also, dass rund um uns Morde geschehen…«

»Als wüsstest du es nicht selbst.« Dimitri verschob eine Figur, um dem König einen Fluchtweg zu öffnen.

»Die Frage ist bloß: Wer ist der Mörder? Schach!«

»Es handelt sich nicht um einen einzelnen Mörder«, Dimitri stellte den König in die frische Lücke, »es sind viele.«

»Ach hör auf, Dima. Schachmatt!«

»Na, gratuliere«, sagte Dima gleichgültig. »Heben wir nochmals einen?«

»Mir gefallen deine Ansichten jedenfalls nicht«, nuschelte Viktor und hob einen weißen Turm vom Boden auf. »Sie gefallen mir überhaupt nicht.«

Dimitri legte die Spielfiguren einzeln in die Blechdose zurück und ließ sich mit seiner Antwort Zeit. Viktor füllte die Gläser wieder auf und zog einen Zigarettenhalter und Zigaretten hervor.

»Das Verschwinden des Schulleiters ist aber eine Tatsache«, sagte Dimitri schließlich und legte die letzte Figur in die Dose.

Viktor zündete sich eine Zigarette an. »Ich kenne deine Geschichten über die imaginären Feinde ehrbarer Leute«, sagte er und nahm einen Zug, »sie werden getötet und dann durch diese Dings ... wie nanntest du sie noch mal? ... ersetzt.«

»Simulacra«, antwortete Dimitri und brachte nur einen schiefen Blick auf seinen Freund zustande, offensichtlich zeigte der Alkohol auch bei ihm seine Wirkung.

Was Viktor betraf, trank, rauchte und erstarrte er unablässig, und langsam, aber sicher redete er wie ein erstarrter, betrunkener Raucher.

»Genau«, stammelte er nun. »Wir leben jetzt also in einer von Simulacra bevölkerten Welt, nicht wahr, Herr Lehrer?«

»Ja, so ungefähr«, antwortete Dimitri, das leere Pappschachbrett anglotzend. »Du wirst sehen, morgen setzen sie einen anderen an die Stelle des alten Schulleiters, ein Simulacrum.«

»Oh, natürlich.« Viktor schaute sich erst jetzt nach einem Aschenbecher um.

»Lass die Asche ruhig auf den Boden fallen.« Ohne den Blick zu heben, klappte Dimitri das Schachbrett mit einem dumpfen Geräusch zu.

»Auf den Boden?«

»Ja, auf den Boden, so!« Er nahm ihm den Zigarettenhalter aus der Hand, klopfte ihn über dem Fliesenboden ab und sagte dann etwas ruhiger: »Mein Gott, Viktor, du willst immer noch nichts sehen, wie damals, als du darauf beharrt hast, die Weißen hätten den Diakon umgebracht.«

»Mir reicht's!«, rief Viktor, sprang auf, nahm seinen Zigarettenhalter und stopfte ihn in die Manteltasche. »Ich gehe.« Er knüpfte sich den Mantel zu. Auf den kleinen Messingknöpfen prangten Hammer und Sichel in einem fünfzackigen Stern.

»Geh nur und sei so gut, denunziere mich, so schnell du kannst«, rief Dimitri. »Dann kannst du dich mit meinem Simulacrum anfreunden, und ich wette, es wird mir weit überlegen sein.«

Viktor schlug den Kragen hoch. Mit seinem darin versinkenden Schnurrbart sah er aus wie ein Terrier mit Schutztrichter. »Idiot«, nuschelte er und ging hinaus, ohne sich noch einmal umzudrehen.

Dimitri blieb ein paar Sekunden lang reglos stehen, dann stand er auf und trat an die beschlagene Fensterscheibe. Auf der Höhe seines Gesichts wischte er ein Guckloch frei und sah darin Viktors verkleinerte Gestalt, seinen langsamen, unsicheren Gang, die verschlissenen Ärmel, die tief in den Manteltaschen steckten, seinen vom Rückengurt betonten jugendlichen, kräftigen Körper. »Er wird noch in diesem Mantel sterben«, dachte Dimitri und war kurz versucht, das Fenster zu öffnen, um Viktor zu rufen, bevor er aus dem Kreis verschwinden würde, dann ließ er es aber doch bleiben. Eine schwarze Schachfigur kollerte unter den Tisch.

Er putzte sich die Nase und ging in das Schulzimmer. Dort herrschte großer Radau. Mit einem lauten Ruf übertönte Dimitri die Schüler, worauf sie sofort verstummten und sich mehr oder weniger gesittet hinsetzten. Er musterte sie schweigend und fand ihre Gesichter in diesem Moment nichtssagend. Sein Blick schweifte ins Leere, bis er plötzlich, als wäre ihm etwas eingefallen, mit raschen Schritten das Schulzimmer durchquerte und vor die Wand trat, die der großartigen, glorreichen russischen Literatur gewidmet war. Unter Lenins Porträt, das zwischen seinen beiden Lieblingsschriftstellern hing, Turgenjew und Tschechow, blieb er stehen: Lenin wirkte fast wie ein Kind, verloren zwischen den beiden bärtigen alten Männern. Dimitri ergriff den erstbesten Stuhl, zog ihn an die Wand, stellte sich darauf und nahm das Porträt vom Nagel. Verputz bröselte herunter und fiel ihm auf die Schuhspitzen. Er stieg vom Stuhl, ging zum Fenster und öffnete es. Kalter Wind drang herein und zischte fast auf seinem glühend heißen Gesicht. Aufmerksam verfolgten die Schüler jede seiner Bewegungen. Er streckte den Arm ins Freie, holte ungeschickt aus und ließ Lenins Bild davonsegeln. Dann machte er das Fenster wieder zu.

»Ich habe noch nie verstanden, was der unter den großen Schriftstellern zu suchen hat«, sagte er und drehte sich zu den Schülern um, die ihn verwundert anstarrten.

Dann wischte er sich zerstreut die Hände an den Hosen sauber, blickte hoch und sah an der Stelle des Porträts ein blasses, undeutlich begrenztes Rechteck.

IX

Die Linde

Im Juli

Der Baum, der siebzig Schritte vom Haus entfernt auf der Wiese stand, war nichts weiter als ein kräftiger, einfach gegabelter Stamm mit schönen, knotigen Ästen. Laut Dimitris Großvater gab es zwei Möglichkeiten: Entweder hatte ihn vor Urzeiten ein Vorfahre gepflanzt, oder er war aus dem Nichts entstanden, um für Stärke und Müdigkeit, Hoffnung und Verzweiflung zu stehen, in beliebiger Reihenfolge.

Der Großvater war ein Slawe alter Schule mit einem Sinn für sorgfältig Erledigtes. Seine Ehefrau hatte er unter den vielen interessierten jungen Mädchen der Umgebung ausgewählt. Die beiden waren ein ungewöhnliches Paar: Er ein echter russischer Bauer mit von der Arbeit geschliffenen Muskeln, sie ein mageres Wesen. In ihrem Blick lag aber ein eigenartiges Flackern, das sich mit der Zeit von faszinierend zu schön wandelte. Es hieß auch, sie sei intelligent. Dimitri war dreizehn, als sie starb. Eines Morgens blieb sie im Bett liegen, bat ihren Mann, die Truhe mit den Kupferbeschlägen zu öffnen und den mit ausgestopften Kolibris geschmückten Hut hervorzuholen, den ihr einmal eine

Zirkusartistin geschenkt hatte. Sie ließ ihn sich aufsetzen und legte ihn nicht einmal mehr vor dem Priester ab, der ihr die letzte Ölung mit dieser kleinen Farbexplosion vor Augen erteilte. Ein Jahr später folgte ihr der Großvater nach. Er wurde vom reißenden Fluss verschlungen, wie der Tierarzt mit der Zeitung unter dem Arm es vorausgesagt hatte: Ernüchtert und einsam hängte der Kulak sich an der alten Linde neben dem Sonnenblumenfeld auf.

Dimitris Eltern, blutjung und dem Puls der Zeit näher, lebten in der Hauptstadt, arbeiteten bei der Eisenbahn und hatten sich bis zu diesem Zeitpunkt darauf beschränkt, dem Sohn Pakete zu schicken, die in *Prawda*-Seiten eingewickelt waren (darin zuverlässig jedes Mal ein halbes Kilogramm Seife, ein halbes Kilogramm Zucker, ein wenig Tinte und noch etwas dazu, worüber sich Dima immer am meisten freute: mal eine Schildmütze, dann ein Holzflugzeug, einmal sogar eine Mundharmonika mit einer in Silber getriebenen Darstellung der Schlacht von Poltawa). Nach der Beerdigung nahmen sie Dimitri mit nach Moskau. Dort bewohnten sie zwei Zimmer im Erdgeschoss eines Wohnhauses hinter dem Bahnhof. Die Mutter arbeitete als Fahrkartenverkäuferin, praktisch rund um die Uhr, und fror immer, und wenn nicht der Lärm eines Zuges sie am Einschlafen hinderte, dann war es das Schnarchen ihres Mannes. Zu alldem war nun Dimitri hinzugekommen, der sich als schwieriger Junge erwies. Wenige Tage nach seiner Ankunft hielt sie es bereits nicht mehr aus. Genauso sagte sie es eines Abends im schummrigen Licht unter einem Vordach zu ihrem Mann, als der sie beim Fahrkartenschalter abholte: »Ich halte es nicht mehr aus, Gawril.«

Etwa zehn Jahre später kehrte der frischgebackene Akademiker Dimitri Gawrilowitsch an einem Julinachmittag nach Miroslaw zurück, an seiner Hand die schüchterne Schoschanna Sokratowna mit ihren großen, wässrigen Augen, in einem gelben Kleid mit zartgrünen Blumen, das sich beim geringsten Windstoß aufblähte. Im Ort erinnerte man sich noch lange daran, wie dieses eigenartige junge Paar hinten aus einem Kartoffeltransporter geklettert war und wie die junge Frau sich dann den Staub vom Kleid geklopft hatte, das ihr bis zu den Knien reichte und die allzu weißen und mageren Fußknöchel unbedeckt ließ. Die Frauen im Dorf sagten, der Enkel des guten Kirill habe ein Stadtblümchen nach Hause gebracht, das es ohne geeigneten Topf nicht lange machen würde, so auf dem offenen Land.

Dimitri führte sie, noch bevor sie ins Haus traten, zu der Linde. Sie klopfte lächelnd auf den dürren, von senkrechten Furchen durchzogenen Stamm und riss ein Blatt von einem Ast ab. Ganz oben im Laub flog ein Vogel auf.

»Was ist das für ein Baum?«, fragte sie mit schriller Stimme.

»Eine Linde. Genauer eine *Tilia cordata.*«

»Warum leuchtet sie so?«

»Wegen der Sonne, sie lässt heute alles erstrahlen.«

Schoschanna lächelte erneut. Leichten Mutes, mit der Sonne im Rücken, gingen sie zum Haus. Sie machte kleine Hüpfer, und jedes Mal faltete sich der Stoff zusammen und ließ die flinken, nackten Beine aufblitzen. Dimitri sprang über die Berberitzenhecke mit den violettgrünen Blättern und den roten Beeren, dann drehte er sich um, streckte Schoschanna, die sich bereits vorbeugte, die Arme entgegen und fasste sie um die Taille. Sie legte ihm die Hände auf die Schultern und sprang.

Im Haus roch es nach abgestandener, warmer Luft, wie ein gerade erst verlassenes Bett. Sie setzten sich hin, um ein wenig zu reden und kalte Milch zu trinken. Dann stand Dimitri auf, als suchte er etwas, stellte das Glas auf den Tisch und nahm schließlich doch wieder Platz. Er griff ihre Hand und betrachtete sie. Sah ihr in die Augen und küsste sie auf die von der Milch weißen Lippen.

Als sie aufstand und den Büstenhalter ablegte, ohne danach beide Hände vor den Busen zu halten, den jungen Mann dann eindringlich ansah, war Dimitri sich gewiss, dass dieser Moment sich ausweiten würde wie die Nüstern eines Pferdes nach stundenlangem Galopp, dass die Schriftsteller recht hatten und die warme Wurzel von Umständen dieser Art wirklich existierte.

»Warum machst du nicht weiter, Schoschanna?«

Seine Stimme klang erstickt. Er wollte eben die Hose abstreifen, packte den Hosenaufschlag zu hastig und hätte nach einem Hüpfer beinahe das Gleichgewicht verloren.

»Zieh du sie mir aus.«

Schoschanna, zwei Meter von ihm entfernt, wartete. Er trat an sie heran und zog ihr, bemüht, nicht allzu ungeduldig zu wirken, die Unterhose herunter, wobei er aber zu verstehen gab, dass die großen Lippen, das stoppelhaarige Dreieck mit der rundherum geröteten Haut sich ihm dennoch selbst darbieten, ihn zu sich rufen mussten.

Im Februar

An diesem in romanhaft düstere Farben getauchten
Nachmittag, der auf die Geschichte mit dem Lenin-Por-
trät folgte, schritt Dimitri über die Schneefläche und
trat zur Linde. Der Wind, der ihr seit Monaten keine
Ruhe gönnte, hatte sie längst vollkommen entblättert.
Sie kam ihm vor wie ein schlichtes Denkmal, dem Wesen der Bäume gewidmet, jener komplexen, den Ver-
ästelungen einer großen, schwarzen Lunge ähnlichen
Astgeometrie, die im russischen Winter gewöhnlich die
Landschaft beherrscht. Trotz der Kälte stand Dimitri
davor und betrachtete sie.

Aus Miroslaw war er nie wieder weggefahren, er
war in die Partei eingetreten und hatte dank Viktor Bu-
latowitschs Vermittlung den Posten als Russischlehrer
in der neuen Dorfschule bekommen. Die ersten vier
Jahre waren ruhig verlaufen, aber im fünften Jahr begannen ihm die Dinge zuwiderzulaufen, und immer
häufiger geriet er mit seinen Kollegen, aber auch mit
Viktor aneinander. Irgendetwas war nicht in Ordnung,
setzte sich fest, nahm Platz ein, bebte. Wenn man ihn
fragte, was es war, zuckte er einfach mit den Schultern
und antwortete gereizt: »Was weiß ich, es wird an den
Sonnenflecken liegen.«

An diesem Nachmittag stand Dimitri, im Pelzmantel,
das Kinn in einem Wollschal vergraben, eine halbe
Stunde vor der Linde, betrachtete die Schneeflecken,
die da und dort auf den Ästen aufleuchteten, und stellte
sich vor, es handelte sich dabei um die Totenhemdchen
einer noch unbekannten Tierart. Unsicher machte er
ein paar Schritte und trat auf etwas, vielleicht einen
trockenen Zweig, das Geräusch erinnerte an im Kamin
verbrennendes Holz. Er blickte zu Boden, sah aber

nichts. Langsam wurde es dunkel. Erneut stampfte er auf, zuerst mit dem einen, dann mit dem anderen Fuß, und so zertrat und zertrampelte er mit aller Kraft jenes Etwas, das an ein Stück tierische Wirbelsäule erinnerte.

Er war sicher, dass man ihn an einem der nächsten Tage abholen würde. Vielleicht sogar noch an diesem Abend. Das Traurigste war, dass, wie sie seit einigen Monaten wussten, Schoschanna schwanger war. Er hatte sie gebeten, das Kind, falls es ein Junge würde, Kirill zu nennen, nach seinem Großvater.

Wind kam auf, die Linde zitterte wie im Griff einer Zange, bereit, einem kranken Zahn gleich aus dem dampfenden Erdenmund gerissen zu werden.

Dimitri zog einen Handschuh aus und berührte die feuchte Rinde. Nun war alles von der abendlichen Dunkelheit durchdrungen. Er wandte sich um und blickte zum Haus, das in einen schwarzen See getaucht war – nur seitlich, vom Wohnstubenfenster her, lag ein Schimmer auf dem Schnee. Fernes Hufgetrappel erreichte sein Ohr, dann der Klang einer Peitsche und Wortfetzen von Flüchen – das musste Wassili Grigoritsch sein, der mit Krasnomer, seinem Gaul, Kohle transportierte. Dimitri strauchelte in der Kälte unter der Linde, kämpfte um sein Gleichgewicht, ohne das Haus aus dem Blick zu lassen: Vielleicht kamen eben Wassili und Krasnomer vorbei, vielleicht waren sie schon vorbeigefahren, ohne einen Halt einzulegen, und zogen geradeaus weiter in Richtung Dunkelheit, in Richtung vergehende Zeit. Dimitri wollte nicht länger dort verweilen, allein mit dem Baum.

Während er über den klumpigen Schnee zurückstolperte, dachte er an seine Eltern, die in ihren zwei Zimmern hinter dem Bahnhof dem Lärm der Züge ausgeliefert waren. Zum letzten Mal hatte er sie am Vorabend vor seiner Abreise nach Miroslaw gesehen. Sie waren dagegen gewesen, wollten, dass er sich zusammen mit Schoschanna in der Hauptstadt einrichtete, doch sein Entschluss stand fest, und weder das Weinen der Mutter noch die Vorwürfe des Vaters hatten daran etwas ändern können. Jahrelang hatten sie nicht mehr miteinander gesprochen. Als er über die niedrige, dürre Hecke stieg, die die Wiese abgrenzte, nahm er sich vor, ihnen gleich am nächsten Tag zu schreiben. Er ging ein paar Schritte weiter und hatte den Eindruck, bei der Haustür einen herumhuschenden Schatten zu sehen. Ein im Schneesturm verirrter Hund wohl, dachte er, oder Wassili Grigoritsch, der den Schlitten doch angehalten hatte und abgestiegen war, um sich nach Neuigkeiten zu erkundigen.

Er blieb wie angenagelt im Dunkel neben dem Hühnerstall stehen. Angst stieg in ihm auf, setzte sich in seinem Nacken fest – nicht Angst vor dem Schatten, nicht vor den Menschen, sondern eine gegenstandslose, fast abstrakte Angst; vielleicht würde die Zeit nicht einmal mehr für zwei Zeilen an seine Eltern reichen. Zunächst war sie ihm gar nicht richtig bewusst, er war an dem Punkt angelangt, an dem ein völlig verängstigtes Wesen überhaupt nichts mehr begreift, aber ein paar bleischwere Schritte später nahm er plötzlich den kalten Atem des Winds wahr, der ihn von hinten, von der Wiese, von der Vergangenheit her an die bevorstehende Strafe erinnerte, und er zuckte zusammen.

Dann ging er um das Haus. Stieg die wenigen Stufen der Holztreppe hoch, bis zum schwachen Lichtstreifen, der unter der Haustür durchschimmerte, und blieb stehen.

Aus der Wohnstube vernahm er zwei ihm unbekannte Männerstimmen.

X.

Brief Nr. 2

Lieber Kirill,

das muss ich Dir erzählen.

Vor ein paar Tagen bin ich in die Stadt gefahren, um meine Tochter zu besuchen (Du weißt, sie hat einen recht-schaffenen jungen Mann geheiratet, er arbeitet in einer Firma für Haushaltsgeräte. Sie haben schon zwei kleine Bengel. Du würdest sie sehr mögen), und danach stieg ich in den Bus, der das städtische Chaos mit unserem ru-higen Miroslaw verbindet. Als ich Platz genommen hatte, merkte ich, dass mir gegenüber auch schon jemand saß, ein alter Mann mit einem strengen, zerfurchten Gesicht. Ich betrachtete ihn. Er betrachtete mich auch. Sein von buschigen, grau melierten Augenbrauen gefilterter Blick war ernst. Der Bus fuhr los, und seine Aufmerksamkeit verschob sich auf das Panorama vor dem Fenster: Zu-nächst zogen hohe Plattenbauten vorbei, dann kamen Buchweizenfelder, danach Roggen. Du kennst diese Ab-folgen ja. So konnte ich meinen Sitznachbarn jedenfalls genauer studieren. Seit ich da saß, ließ mich das Gefühl nicht los, ihn zu kennen. Schließlich fasste ich mir ein Herz und wagte eine Hypothese. »Sie heißen nicht zufäl-lig Afanassi Tarassowitsch?«, fragte ich verlegen und schnellte im gleichen Moment vom Sitz hoch – Schlag-löcher mussten die große Leidenschaft des Busfahrers sein, denn er ließ keines aus.

Ohne eine Miene zu verziehen und ohne sich mit der Antwort zu beeilen, musterte mein Sitznachbar mich aufmerksam. »Ich glaube, er ist es wirklich«, dachte ich. Er sah jenem Schulkameraden, der jeden Tag zu Fuß über die Felder aus Oktjabrski gekommen war und dann am Flussufer frühstückte, unglaublich ähnlich. Erinnerst Du Dich an ihn?

Mit der typischen Unverschämtheit der hiesigen Bauern antwortete er schließlich: »Könnte natürlich sein, dass ich Afanassi bin, aber wer wärst dann du?«

»Mein Name ist Sascha, Alexander Viktorowitsch Almasow. Ich hielt Sie für einen alten Bekannten, einen Schulkameraden.«

»Sascha Almasow! Natürlich! Bist du es wirklich, Sascha?« Er warf sich mir beinahe an den Hals, packte mich mit seinen schwieligen Händen an den Schultern.

»Ich bin es höchstpersönlich, alter Halunke!«

Wir haben geredet. Viel über die Vergangenheit, wenig über die Gegenwart, die Zukunft erwähnten wir mit keinem Wort. Wir brauchten nur wenige Minuten, um unsere Erinnerungen miteinander zu verknüpfen und zu verflechten. Natürlich hat er nach Dir gefragt. Ich erzählte ihm, dass Du nach der Schule gleich ein Studium angefangen hast, aber nach zwei Jahren wegen eines dummen Streichs in ein sibirisches Dorf verbannt worden bist.

»Schlecht, schlecht«, brummte er. »Dort war doch schon sein Vater, der frühere Russischlehrer. Aber unser Kira war ein guter Junge. Die Zeiten sind eigenartig.«

Ich habe ihm erklärt, dass Du im Unterschied zu Deinem Vater Dimitri Gawrilowitsch aber Dein Glück gefunden und auch geheiratet hast und dass Du sehr bald sogar einen Gedichtband veröffentlichen wirst.

»Stimmt, er hatte doch diesen Poesiefimmel. Sagte, er wolle Dichter werden. Ich sagte, ich wolle Traktorfahrer werden. Darüber lachte er nur. Erinnerst du dich noch an sein Gedicht über die Mathematiklehrerin, wie hieß sie nochmal…«

»Besrukowa.«

»Genau. Es ging ungefähr so: ›Einem Gebirgsbach gleich schimmert unsere Besrukowa im Vollmond einer Sommernacht.‹ Ich habe ihm offen gesagt, dass ich noch nie einen größeren Unsinn gehört hatte und dass er, wenn man als Dichter solches Zeug schrieb, besser Traktorfahrer werden sollte wie ich. Und er hat gelacht, immer hat er gelacht.«

Der Bus hielt an der Ortseinfahrt von Miroslaw. Unser Freund Afanassi hatte in der Stadt ein paar Dinge erledigt und war auf dem Rückweg nach Oktjabrski. Er musste noch weiter. Wir verabschiedeten uns.

»Machs gut, mein Junge!« Ich stand schon auf dem Trittbrett, als mich seine letzten Worte erreichten.

Ein Kind kicherte und sagte mit glockenklarer Stimme: »Mama, er hat ihn Junge genannt.« Ich nickte Afanassi über vereinzelte Köpfe und größtenteils leere Sitze hinweg zu und stieg aus.

Als ich schon in die Straße nach Miroslaw eingebogen war, drehte ich mich ein letztes Mal um. Nur widerstrebend fuhr der Bus wieder an. Ich sah zuerst den lebhaften Blick des Kinds neben seiner Mutter, dann seinen – den trüben, müden Blick eines alten Bauern. Lustlos marschierte ich weiter und konzentrierte mich auf die Steine, die mir hier und da im Weg lagen.

Hier alles in Ordnung. Ich schreibe Dir bald wieder.

Dein Sascha

Kommentar zu Brief Nr. 2

Das Gedicht über die Besrukowa war ein völliger Reinfall. Als mein Vater Viktor es zu sehen bekam, sagte er, dass Dimitri Gawrilowitsch, wenn er noch am Leben wäre und das Gedicht seines Sohns gelesen hätte, es sicher bereuen würde, seine Frau Schoschanna an der Abtreibung gehindert zu haben.

Papa redete gern über seinen Freund Dimitri, erwähnte aber nur fröhliche, lustige Dinge. Auf den Tod des Diakons oder Lenins Porträt durfte ihn niemand ansprechen. Er blieb zeitlebens Parteimitglied. Nur einmal habe ich gesehen, wie er sein Parteibüchlein sonderbar ansah. Er stand am Fenster und drehte und wendete den roten Ausweis in den Händen.

Neugierig fragte ich: »Papa, was machst du da?«

»Nichts. Ich fragte mich gerade, ob ich nicht eine alte Schuld begleichen müsste.«

Ich sagte, das mit der Schuld sei meiner Meinung nach ein von den Weltreligionen erfundenes Lügenmärchen. Er drehte sich zu mir um, sah mich forschend an und sagte: »Sascha, pass auf, dass du zu den fremden Lügenmärchen nicht noch deine eigenen hinzufügst.«

Dann trat er zum Schreibtisch, warf einen letzten Blick auf das Büchlein und legte es wieder zurück in die Schublade, neben das berühmte ledergebundene schwarze Notizbuch mit den blauen Seiten. Zog seinen Mantel an und verließ das Zimmer mit einem Gang, den ein russischer Schriftsteller sofort *schuldbewusst* genannt hätte.

XI

Die Schublade

Sie war der Koordinatenursprung seines ganzen bewussten Lebens. Oft war sie abgeschlossen. Auch meine Mutter Alina war verpflichtet, gebührende Distanz einzuhalten – wenn sie den Schreibtisch saubermachen wollte, musste sie ihn vorwarnen.

Als uns die Nachricht erreichte, dass Dimitri schwer erkrankt war, nahm seine Besessenheit noch zu. Vielleicht fand auch er es langsam absurd zu hoffen, sein Freund würde irgendwann noch zurückkommen. Jeden Tag öffnete er frühmorgens die Schublade und blieb, wenn man nicht aus der Kolchose nach ihm schickte, bis zum Mittag sitzen, betrachtete, las und untersuchte alles, was er dort aufbewahrte. Dann schloss er sie mit der üblichen Sorgfalt wieder ab und bezog schweigend seinen Posten am Kopf des Tisches.

Eines Tages kam der verrückte Wolodja und fragte nach ihm. Er war noch nie in unserer Umgebung gesichtet worden. Eigentlich hatte ihn überhaupt noch nie jemand bei Tageslicht gesehen. Er nahm seine speckige, ausgefranste Fellmütze vor meiner Mutter ab, die auf der Schwelle stand und schon im Begriff war, ihn wegzuschicken, und sagte: »Gnädige Frau, ich suche Viktor Bulatowitsch. Ich muss ihn sprechen.«

Alina Petrowna war völlig überrumpelt. Seit kuban-kosakischen Zeiten hatte sich niemand mehr so vornehm an sie gewendet.

»Treten Sie ein«, lud sie ihn fast aufrichtig höflich ein.

»Ich würde es bevorzugen, hier auf ihn zu warten. Wenn Sie erlauben…«

Uns allen, auch meiner Mutter, ging durch den Kopf, dass dieser Wolodja womöglich gar nicht so verrückt war. Mein Vater ließ ihn nicht lange warten. Er hatte seinen alten Mantel angezogen, trug an den Füßen aber neue Filzstiefel, die er vor Kurzem in der Kolchose bekommen hatte. In jenem Jahr schuftete er wie ein Berserker, zuerst auf dem Feld und dann bei der Konstruktion einer neuen Brücke über den Fluss. Um ein Haar hätte er für den Bau von zwanzig Metern Eisenbahnstrecke in nur zehn Stunden den sowjetischen Titel »Held der sozialistischen Arbeit« eingeheimst. Anderthalb Meter hatten noch gefehlt, als er alles hinschmiss, störrisch wurde wie ein Kind, das plötzlich nicht mehr spielen will, weil ihm eingefallen ist, dass es am nächsten Tag zum Zahnarzt muss, oder weil es weiß, dass niemand mit ihm in den Wanderzirkus gehen wird, der gerade in der Nähe gastiert. Er hatte alle Werkzeuge an ihren Platz zurückgelegt und war nach Hause gegangen. Jahre später erzählte er mir, dass er am Schluss derart kaputt war, so sehr unter der Hitze litt und sich ihm das Trompetengeschmetter seiner Genossen so unerträglich ins Gehirn bohrte, dass es ihm sinnlos vorgekommen war, sich wegen einer mickrigen Medaille und drei Zeilen in der städtischen Zeitung dermaßen anzustrengen. Alina Petrowna hatte ihn einen Monat lang mit Schweigen gestraft. Er selbst beschäftigte sich tagelang nur noch damit, seine Schublade herauszuziehen und wieder zuzuschieben und dazwischen Dinge in sein ledergebundenes schwarzes Notizbuch zu schreiben.

Zu diesem Zeitpunkt trat der verrückte Wolodja in sein Leben. Sie gingen zusammen weg, und er kam erst nachts wieder zurück. Später erfuhr ganz Miroslaw, was sie getan hatten. Und der Donnerschlag ließ ganz Miroslaw erzittern.

Als der Sturm vorbei war und die Zeit der großen Ideen und der großen Männer im Geschichtsbuch in einem kurzen Kapitel zusammengefasst wurde, fand ich eines Tages auf meinem Nachttisch den Schlüssel der Schublade von Viktor Bulatowitsch (ich stellte mir die lautlosen Schritte meiner Mutter vor, wie sie ins Zimmer trat, zu meinem Bett ging und ihn mit der geheimnisvollen Miene einer alten Kosakin hinlegte). Nicht ohne Bange öffnete ich sie. Ich gebe unten die Liste der Dinge wieder, die ich darin vorfand. Möglicherweise wird sich ja irgendwann ein Forscher für die Gewohnheiten eines typischen russisch-georgischen Idealisten interessieren. Und dann, wenn diese Welt dereinst in einer großen archäologischen Grabungsstätte ruht, wird meine Arbeit sich als äußerst nützlich erweisen, wird mein Vater Viktor etwas wirklich Bedeutendes für die Menschheit geleistet haben.

Hier das Inventar der geheimnisvollen Schublade des Genossen Viktor Bulatowitsch Almasow:

1. Eine Tokarjew TT-33
2. Ein ledergebundenes schwarzes Notizbuch (darin Eintragungen, die mit bloßem Auge nicht zu entziffern sind)

3. Ein Brief (Absender: Dimitri Gawrilowitsch Florensow, Solowezki-Inseln, 1938)
4. Eine schwer klassifizierbare Bleistiftzeichnung
   (manche Linien überschneiden sich, andere bilden
   ein Wirrwarr)
5. Ein weißes Stofftaschentuch mit einem kleinen
   Blutfleck in Form eines fliegenden Vogels (sehr
   wahrscheinlich Eigentum einer Vertreterin des
   schönen Geschlechts, allerdings nicht seiner Frau,
   da es sich bei den gestickten Initialen in der Ecke –
   O.M. – nicht um jene Alina Petrownas handelt)
6. Das Büchlein der Kommunistischen Partei der Sowjetunion
7. Ein alter Druck (eine Schar Reiter setzt mit gezück-
   ten Schwertern zum Sturm auf eine Festung an, deren Kanonen bedrohlich auf sie gerichtet sind)
8. Ein sorgfältig zusammengefaltetes rotes Stück
   Glanzpapier, das einst etwas Süßes enthalten haben
   muss, wahrscheinlich Schokolade (auf der einen
   Seite klebrig)

XII.

Der verrückte Wolodja

Zu welcher Zeit und an welchem Ort auch immer mindestens drei Männer zusammenkamen, war einer davon ein Verrückter. In meinem Dorf waren zwei schon da, sodass zur Vervollständigung nur noch der Verrückte fehlte. Da sich niemand meldete, streckte im Interesse des Allgemeinwohls ich, Wolodja, die Hand auf.

Mein Vater war der beste Glöckner in der Geschichte der Michaelskirche. Es war seine Mission, er konnte es jeweils kaum erwarten, die vier Schläge seiner Glocke erklingen zu lassen. *Dong dong, dong dong.* Der kräftige Bogdan. Nicht mein Vater, die Glocke. Sie stammte aus der Gründungszeit der Kirche, war fünfhundert Jahre alt und trug eine Inschrift, die wahrscheinlich der Glockenschmied eingraviert hatte. Mein Vater erzählte, diese Worte hätten ihn von einer Sorge befreit, ihm aber auch gleich eine neue beschert, die allerdings anders beschaffen war. Da man sie fast nicht sehen konnte, hatte er jahrelang nichts von ihrer Existenz geahnt. Aber eines Tages musste Bogdan gewaschen werden: Noch vor Sonnenaufgang erschien ein Dutzend starker Burschen, die der Stadtrat eigens hergeschickt hatte, und half ihm dabei, Bogdan vom

Glockenstuhl zu nehmen. Schwer wie der berühmte Stein der Verliebten unten im Flussbett sei sein Bogdan gewesen, sagte mein Vater. So kam es, dass er besagte Inschrift lesen konnte und zuerst erleichtert war, sich dann erneut erdrückt fühlte, allerdings auf eine andere Weise.

Schon immer hing ihm der Ruf an, ein Sonderling zu sein. Er behauptete beispielsweise, sein genaues Todesdatum zu kennen.

Eines Abends kam er nach Hause und stellte einen Sarg neben den Ofen. Als wir bei Tisch saßen, deutete meine Mutter mit dem Kopf darauf: »Sag mal, dieses Ding da ...«

Sie sah ihren Mann an, der gerade den Teller mit der dampfenden Brühe zum Mund führte.

»Ach, das ist nichts«, sagte er und schlürfte die Flüssigkeit ein. »Der Schreiner hat sich bei jemandem in der Größe geirrt und hat ihn mir überlassen. Wir könnten Zwiebeln darin aufbewahren, für den Winter.«

Zwei Wochen später starb er, kehrte nicht vom Karpfenfischen am Fluss zurück. Ein paar Bauern fanden ihn, darunter einer aus Miroslaw, der meinen Vater sofort erkannte. Als er mir später davon erzählte, sagte er, mein Vater habe sich im Flussbett zwischen den Wurzeln eines Baums verfangen, und es sei zunächst nicht erkennbar gewesen, ob es sich um einen Menschen oder um ein Tier handelte. Als sie näherkamen, sahen sie, es war ein Mensch, aufgedunsen und bläulich angelaufen. Wahrscheinlich hatte er einen Herzanfall gehabt und war ins Wasser gefallen.

So wurde ich Glöckner, obwohl mich alle für noch verrückter als meinen Vater hielten.

Doch eines Tages fing es mit dem Unglück an. Zuerst starb der Diakon, dann wurde die Kirche geschlossen und nach und nach zerstört. Es hieß, man wolle an ihrer Stelle eine Schule eröffnen. Und einige Zeit später dann das Geräusch zerquetschter Mäuse, das von einem Paar hochglanzpolierter Stiefel herrührte, das die Treppe hochstieg. Man teilte mir mit, dass man auch mich nicht mehr brauchte: Die Glocke werde in die Fabrik von Tula reisen, um sich dort in eine Kanone zu verwandeln.

Als ich mich von Bogdan verabschieden musste, sah auch ich jene Worte. Jemand hatte vor fünfhundert Jahren oder mehr innen auf den Rand geschrieben: *Wenn du existierst, wirst du meine Stimme hören. Wenn du nicht existierst, werden mich die Tiere hören. Bitte, existiere.*

Ich bin ein alter Verrückter, einverstanden, aber nicht alt und verrückt genug, um nicht zu begreifen, dass diese Worte ein Eigenleben hatten, wie ein Hund, ein Pferd oder ein Hahn. Und Er, wie konnte Er es nur unterlassen, die Tür zu öffnen, wenn der gute Bogdan und all die Geschöpfe in seinem Gefolge fünf Jahrhunderte lang jeden Tag bei ihm angeklopft hatten?

Ich brauchte Verstärkung. Nur jemand, der es verstand, sich am Grund eines Sees zu verstecken wie einst die Stadt Kitesch, konnte mir helfen. Mir fiel sofort Viktor Bulatowitsch ein. Vor der Zerstörung war er oft hergekommen und hatte sich in der Sakristei eingeschlossen. Manchmal unterhielten wir uns auch. Er schien mir ein vernünftiger Kerl zu sein, obwohl in Miroslaw selbst die Steine wussten, dass er seinen Jugendfreund denunziert und den Roten gesagt hatte, dieser glaube nicht an die Revolution, worauf die Roten beschlossen, ihm den Glauben daran beizubringen.

»Zur Not habe ich auch eine Waffe.«

»Wir müssen vorsichtig sein, Viktor Bulatowitsch. Die lassen nicht mit sich spaßen.«

»Ich auch nicht«, sagte er und ließ sein Gesicht in einem See aus blauem Papier versinken.

XIII.

Die Meldung

Im *Leuchtenden Morgenrot der Stadt S.* (Nr. 25, 19. Juni 1941) erschien unten auf der ersten Seite eine Meldung über einen Fall, der sich im nahen Miroslaw ereignet hatte.

Heute Morgen um etwa 3.40 Uhr wurde eine Glocke (aus Bronze, ca. 497 Kilogramm schwer) aus der Lagerhalle des städtischen Bahnhofs gestohlen, und zwar von zwei bewaffneten, in Miroslaw ansässigen Bürgern. Da der Wächter Nikita Nikitin die beiden nicht selbst aufzuhalten vermochte, schlug er Alarm. Er gab zwei Schüsse in Richtung der Diebe ab, die die Glocke zu diesem Zeitpunkt bereits 50 Meter von den Schienen weggeschafft hatten. Nach Aussage des Chefs der Miliz, Arkadi Arkadijewitsch Pawlenko, hatten sie sich ein ziemlich raffiniertes System für den Transport des gestohlenen Gegenstands ausgedacht: Die schwere Glocke wurde auf einen Wagen gehievt (eigens entworfen und gebaut von einem der beiden Diebe, einem Ingenieur) und von einem Esel namens Belisario gezogen (aus der Kolchose von Miroslaw entwendet). Als der Wächter Nikitin sie zum Stehenbleiben aufforderte, eröffneten die Übeltäter das Feuer. Einer der beiden wurde leicht an der Schulter verletzt.

Der Esel blieb mit einer Verletzung am linken Hinterbein liegen. Inzwischen rückte die Bezirksmiliz an, und nach einem kurzen Schusswechsel ergaben sich die beiden. Die Übeltäter wurden entwaffnet und entsprechend den Anweisungen aus Moskau mit dem 8.35-Zug in die Hauptstadt gebracht. Bis zum Prozess sind sie im Gefängnis Butyrka interniert.

Die Stadt S. wird den Wächter Nikita Nikitin als Kandidaten für den Orden des Roten Banners der Arbeit vorschlagen.

Der Esel Belisario wird getötet.

Die Glocke erreicht heute Abend Tula und wird morgen dem Metallschmelzprozess zugeführt zwecks Produktion von Waffen für die Sicherheit und das Wohlergehen der sowjetischen Bürger.

Gegen die beiden Kriminellen – merken Sie sich ihre Namen: Almasow Viktor Bulatowitsch, geboren am 14. Februar 1908 in Suchumi, Georgische Sozialistische Sowjetrepublik, wohnhaft in Miroslaw, von Beruf Ingenieur, sowie Dubin Wolodja Petrowitsch, genannt der verrückte Wolodja, geboren am 3. Oktober 1886 in Miroslaw, wohnhaft daselbst, ehemaliger Glöckner – wird gerichtlich vorgegangen, sie sollen exemplarisch bestraft werden.

XIV.

Das zweite Verhör

»So trifft man sich wieder, Genosse Viktor Bulato-witsch...«

»...«

»Kopf hoch, Viktor Bulatowitsch. Sie haben ja bloß versucht, eine Glocke zu stehlen. Für so was erschießen wir Sie doch nicht.«

»...«

»Allerdings muss ich trotzdem sagen, dass es eine miserable Idee war.«

»...«

»Ihr Freund ist heute Morgen im Spital der Butyrka gestorben. An der Schulterverletzung.«

»...«

»Genosse Almasow, haben Sie die Sprache verloren?«

»...«

»Sagen Sie, was wollten Sie mit dieser Glocke?«

»Warum hat man den Esel getötet?«

»Ich habe Sie etwas gefragt.«

»Was hatte der Esel damit zu tun?«

»Er lahmte und wäre nicht mehr zu viel zu gebrauchen gewesen.«

»Eine Theatertruppe aus dem Kaukasus hat ihn bei

uns zurückgelassen, weil er krank war und sich nicht mehr bewegen konnte. Wir haben ihn in der Kolchose gesundgepflegt. Und dann, als ich ihn brauchte, bin ich über den Zaun geklettert und habe gesagt: ›Belisario, du musst mir helfen‹, und da ist er mir bereitwillig gefolgt.«

»Der gute Belisario. So gehorsam sind nicht einmal meine Kinder.«

»Auch Wolodja Petrowitsch war ein guter Mensch. Kein bisschen verrückt.«

»Das Gewand des barmherzigen Samariters steht Ihnen nicht, Almasow.«

»Schlachten Sie auch mich ab.«

»Bitte entspannen Sie sich, Almasow.«

»Mit einem einzigen Schuss…«

»Hören Sie zu, Almasow. Sie haben zwei Möglichkeiten: Wenn Sie ein Geständnis ablegen, macht das fünf Jahre Gefängnis, wahrscheinlich in einer Region nicht weit weg von zu Hause. Wenn Sie kein Geständnis ablegen, geht es auf direktem Weg ins Straflager. *Hallo? Wie? Verstanden. Wird erledigt! Ich erwarte weitere Anweisungen.* Nun, Viktor Bulatowitsch, wie groß ist Ihre Vaterlandsliebe?«

»Siebenundfünfzig.«

»Lassen Sie die Scherze. Die Deutschen haben uns angegriffen, Genosse Almasow.«

»Wann?«

»Jetzt.«

»Jetzt.«

»Ich habe es soeben erfahren.«

»Was tun?«

»Was tun? Kämpfen! Am Mittag wird Genosse Molotow im Radio sprechen.«

»Molotow schuldet uns ein bisschen mehr als eine Rede im Radio.«

»Sie sind Ingenieur, Genosse Almasow.«

»Genau.«

»Das ist Ihr Glück, das Vaterland wird Ihre Hilfe brauchen.«

»Nun, ich bin bereit.«

»Zuerst aber müssen Sie das Geständnis schreiben.«

»Geben Sie mir Papier und Feder. Also, was soll ich gestehen?«

»Die Wahrheit.«

»Welche Wahrheit?«

»Wie, welche Wahrheit? Dass Sie die Bronze auf dem Schwarzmarkt verkaufen wollten, oder irre ich mich etwa?«

»Richtig, vollkommen richtig.«

»Dann schreiben Sie das, Almasow, schreiben Sie das.«

XV

Brief von Dimitri an Viktor

Solowezki-Inseln, 14. Juni 1938

Das Weiße Meer hier sieht noch grauer und verschlissener aus als Dein Mantel. Ich betrachte es und denke an Deinen Gesichtsausdruck damals, als Dein Onkel Aljoscha ihn Dir bei seiner Rückkehr von einer Schlacht gegen Wrangel schenkte. Er hatte ihn einem Husarenoffizier abgenommen. Dann kürzte er ihn ein wenig, tauschte die Knöpfe mit den Doppeladlern aus und trennte die Schulterklappen ab. Schon damals hattest Du die schlechte Angewohnheit, undeutlich zu reden, und als Du den Mantel sahst, hast Du begeistert gebrummt: »Diesem Wrangel zeige ich es. Wenn der mich damit sieht, ergibt er sich auf der Stelle.« (Ach, unsere Obsession für Mäntel!)

Ich habe Dir nicht viel zu erzählen, Viktor. Oft unterhalte ich mich hier mit anderen Häftlingen über Poesie. Gestern zum Beispiel hatte ich während einer Pause eine Diskussion mit einem Professor, der früher an der Leningrader Universität Dialektischen Materialismus unterrichtet hat. Seiner Meinung nach ist Fet der größte russische Dichter der zweiten Hälfte des 19. Jahrhunderts.

Das sehe ich anders. Für mich ist Tjutschew unübertroffen, Fet reicht ihm trotz seiner langen Nase nicht einmal bis zu den Knien. Der Professor: »Weißt du, dass dein Tjutschew sein bestes Gedicht bei Pascal geklaut hat?« Und ich antworte: »Klar weiß ich das. Und weißt du, dass dein Fet nicht bloß bei den Menschen, sondern auch bei den Vögeln Gedichte geklaut hat?«, und nenne als Beispiel den »Kuckuck«: »Vom fernen Waldrand her hallt leise der Ruf: Kuckuck.« Kuckuck, kuckuck, das ist alles. Doch dann wurde ein Wärter auf uns aufmerksam und jagte uns mit dem Bajonett hinter den Zaun zum Schneeschaufeln zurück.

Ich träume viel. Heute Nacht zum Beispiel habe ich geträumt, man habe mir meine Goldfüllung gestohlen, mitsamt Backenzahn, und heute früh hatte ich solche Kieferschmerzen und war so überzeugt, dass die Sache wirklich geschehen war, dass ich nicht einmal mit der Zunge nachgeprüft habe. Oft sehe ich im Traum den Diakon Sergej zu Pferd, mit im Wind flatterndem Bart, als Anführer einer Horde asiatischer Nomaden, die die Welt erobern wollen. Ich träume sogar von Deinem Vater, er trägt eine Zeitung unter dem Arm, sieht aus wie Tschernyschewski, kommt auf mich zu und wiederholt ohne Unterlass: »Was will man schon tun? Was will man schon tun?« Dann kommen auch meine Eltern, von sehr weit her, sie steigen aus dem Zug und überreichen mir Pakete voller seltsamer Dinge, unförmige Gegenstände, die mir Angst machen. Bis ich endlich aufwache und mir sage, dass Träume Simulacra von Simulacra sind, so wie es sich auch Platon mehr oder weniger vorgestellt hat, und versuche, sie zu vergessen.

Hier gibt es nirgends einen Strick. Und der Baum meines Großvaters lässt mich anscheinend ebenfalls in Ruhe.

Ich bin so ruhig wie seit Jahren nicht mehr, auch wenn ich manchmal heftige Brustschmerzen habe und schlecht atmen kann. Das liegt wohl am Klima, du wirst sehen, dass ich es schaffen werde. Schickt mir nur bitte ein paar Dinge. Hier eine kleine Liste:

1. *Weißes Briefpapier und ein paar Hefte*
2. Den Recken im Tigerfell *von Schota Rustaweli*
3. *Ein paar Schreibfedern*
4. *Zwei Ledergürtel, einen schmalen und einen breiten (ich bin inzwischen von allen Ängsten befreit und möchte die Hosen auf anständige Weise tragen)*
5. *Eine Lesebrille (die alte wurde mir im Zug gestohlen)*
6. *Ein wenig Machorka (ja, ich habe die entspannende Wirkung des Rauchens wiederentdeckt)*
7. *Zwiebeln*
8. *Einfache, aber solide Stiefel. Von mir aus auch gebrauchte. Je größer, desto besser. So kann ich die Füße einwickeln.*
9. *Ein Schachbrett, nicht aus Pappe (würde bald auseinanderfallen). Um die Figuren kümmere ich mich selbst (man kann sich mit allem Möglichen behelfen).*
10. *Ein Foto von Kira*
11. *Ein Foto von Sascha und Kira zusammen*

Erinnerst Du Dich, wie Du einmal gesagt hast, Johnsons Tritt gegen einen Stein, mit dem er Berkeley die Konsistenz der Realität vor Augen führen wollte, sei die allerdürftigste Erklärung in der Geschichte des menschlichen Denkens? Nun, meiner Meinung nach hast Du Dich geirrt. Ich glaube, dass Du sozusagen Berkeley bist, das Leben ist Johnson, und mich selbst sehe ich in jenem weggeschleuderten, bis hierher gerollten Stein. Jedem

seine Rolle und nirgendwo Schuld, in dieser Demonstra-
tion.

Sag Schoschanna Sokratowna bitte, dass das mit
Kirills dichterischer Zukunft, damals im Zusammen-
hang mit der Abtreibung, nur so dahergesagt war. Es
würde ~~weiß Gott~~ (nachträglich angebrachte Korrektur,
vielleicht vom Autor des Briefes selbst) *genügen, wenn*
aus Kira einfach ein rechtschaffener Mann wird.

Dein Dima

XVI.

Schach

Von der Kaukasusfront, wo Viktor hingeschickt wurde, um Brücken zu zerstören, statt welche zu bauen, und so die Faschisten am Vormarsch zu hindern, schickte er Dimitri einen einzigen Brief (vielleicht den ersten und letzten seines Lebens).

Dima, anbei die Partie Capablanca–Löwenfisch, über die ich unbedingt mit Dir reden möchte. Erst mit dem Krieg habe ich einen ruhigen Moment gefunden, um mir die Partie in Erinnerung zu rufen und sie für Dich aufzuschreiben. Ich habe das Spiel 1935 in Moskau gesehen, kurz vor Saschas Geburt, als ich für Alina Schokolade besorgen musste, weil sie so Heißhunger darauf hatte. Ich sah zufällig ein Plakat mit der Ankündigung eines Schachturniers, und so befand ich mich plötzlich mitten in einem Gedränge von Menschen, die einander geradezu niedermetzelten, um einen Blick auf den Goldfavoriten, den berühmten kubanischen Meister Capablanca, zu erhaschen. Auch ich habe ihn gesehen, aber so toll, wie es immer hieß, fand ich den Kerl erst einmal nicht. Er war ziemlich klein, und es hätte keinen berittenen Recken gebraucht, um ihn wegzufegen – ein Niesen meinerseits hätte schon genügt. Und mit seinen Zigarren und dem ge-

stärkten Kragen hätte auch ich unter den Moskauerinnen Verheerungen anrichten können. Wenn man ihm beim Schachspielen zusah, war es jedoch, als beobachtete man einen aztekischen Gott, der sich zwar voller Anmut bewegt, aber die Spuren einer grausamen Federschlange hinterlässt.

In jener Partie hätte Capablanca meiner Meinung nach im vierzehnten Zug anstelle der Rochade (welch ein Angeber!) die Königin auf c6 angreifen können. Mich würde interessieren, was Du dazu meinst.

Ich hoffe, dass die Brustschmerzen vergangen sind.

Hier die Partie.

1. d4, d5 2. c2, c6 3. Sf3, Sf6 4. Sc3, e6 5. e3, Sbd7 6. Ld3, dxc4 7. Lxc4, b5 8. Ld3, a6 9. e4, c5 10. e5, cxd4 11. Sxb5, Sxe5 12. Sxe5, axb5 13. Df3, Ta5 14. 0–0, b4 15. Lf4, Le7 16. Tfc1, 0–0 17. Dh3, Tc5 18. Txc5, Lxc5 19. Lg5, h6 20. Sg4, Le7 21. Lxf6, gxf6 22. Sxh6+, Kg7 23. Dg4+, Kh8 24. Dh5, Kg7 25. Sxf7, Th8 26. Dg6+, und Schwarz gibt auf.

Der Brief gelangte nie auf die Solowezki-Inseln zu Dimitri, weil er es nicht durch die »Kontrolle antisowjetischer Praktiken und Aktivitäten« schaffte. Im Rapport, den das »transkaukasische Büro für die Überprüfung verdächtiger Korrespondenz« als Beilage zum fraglichen Brief nach Moskau sandte, stand:

Vernunftgemäß ist davon auszugehen, dass es sich um einen Geheimplan mit dem Codenamen Capablanca–Löwenfisch handelt. Vernunftgemäß ist ebenso anzunehmen, dass »Zigarre« und »gestärkter Kragen« Schlüsselwörter sind, die irgendeine Geheimoperation gegen die Sowjetmacht auslösen sollen (»Verheerungen unter den Moskauerinnen«?). Zu berücksichtigen ist zudem das

vage deutsch klingende Wort »aztekisch«. Der betreffen-
de Zug wiederum (ein Angriff auf c6 sei der Rochade,
also einer defensiven Taktik, vorzuziehen?) könnte eine
Änderung im Plan Capablanca–Löwenfisch bedeuten
(im Brief folgt danach das bisher nicht entschlüsselte
Schema des »Spiels« oder Plans). Die Entschlüsselung
dieses Briefes ist unseres Erachtens von vitaler Bedeu-
tung für die Partei und das sowjetische Vaterland, wenn
ein weiterer strategischer Zug unserer faschistischen
Feinde verhindert werden soll.

Der Verfasser dieses Rapports, ein Beamter namens
Petuchow, gebürtig aus Ordschonikidse, wartete schon
seit Jahren auf eine Anerkennung seines Einsatzes für
das Vaterland – in Form einer Medaille oder wenigstens
einer einfachen Beförderung. Er glaubte, diesmal würde es klappen. Aber aus Moskau kam bloß ein *Zur*
Kenntnis genommen. Veranlassen das Nötige. Nicht einmal ein Dankeschön. Einige Tage nach der Besteigung
des Elbrus durch die Deutschen starb Petuchow an
einem Herzanfall. Bis zuletzt war er fest davon überzeugt, dass es sich um einen groß angelegten Plan der
Deutschen mit dem Codenamen *Capablanca–Löwen-*
fisch handelte.

Unter einem Giebel

Als Kira zur Welt kam, war sein Vater Dimitri Gawrilowitsch bereits ein ständiger Bewohner des Kellergeschosses der Lubjanka. Ein paar Tage nach der Geburt, an einem Morgen mitten im Winter, klopfte es bei Schoschanna Sokratowna an der Tür.

Widerwillig stand sie auf, sie fühlte sich schwer, war durchfroren, übernächtigt. Durch das Fenster – ein Loch darin war mit zusammenknüllten Zeitungsseiten behelfsmäßig zugestopft – sah sie einen Zipfel des grauen Mantels von Viktor Bulatowitsch. Träge öffnete sie. Er brummte etwas und polterte ins Haus.

»Nimm das Kind, nimm alles, was du brauchst. Von heute an wohnt ihr bei uns.«

»Aber …«

»Ich habe gesagt: Nimm das Kind.«

Weder übermäßig böse noch übermäßig originelle Zungen in Miroslaw sagten, der Ingenieur Almasow habe einfach Butter auf dem Kopf gehabt. Mittelmäßig böse und schon originellere Zungen fügten hinzu, dass die Butter auf dem Kopf allerdings nichts sei im Vergleich zum Feuer, das zwischen ihm und der Frau seines Freundes, der gezierten Schoschanna, lodere. Sehr böse Zungen, die noch origineller waren und auf noch mehr Metaphern zurückgriffen, behaupteten, wegen des Feuers zwischen den beiden habe der Ingenieur absichtlich das Haus des armen Lehrers angezündet, der für seinen Teil zwar keineswegs ein Heiliger gewesen sei, es aber dennoch nicht verdient habe, so zu enden – im Gefängnis dahinzuvegetieren, ohne die Geburt seines Sohnes zu erleben. Vorausgesetzt natürlich, dass es überhaupt sein Sohn war.

Viktor kümmerten die bösen Zungen nicht. Er nahm Schoschanna und den kleinen Kira zu sich, ohne dass jemand etwas dagegen sagen durfte. Alina holte die Wolldecken für das Bett, das Viktor am Vorabend neben dem großen Ofen aus Ziegelsteinen in einer an die Wohnstube angrenzenden Kammer aufgestellt hatte.

»Hier seid ihr im Warmen und in Sicherheit«, sagte er.

Alina nickte, dann redete auch sie: »Mein Sascha und dein Kira werden also zusammen aufwachsen. Sie werden wie Geschwister sein. In meiner Heimat heißt es: ›Unter einem Giebel teilt man Sorgen, Bett und Zwiebel‹.«

»Ihr seid aber anzüglich, in deiner Heimat«, kicherte Viktor. »Das mit dem Bett klingt wie eine Einladung zur Unsittlichkeit. Diese Kosaken!«

»Wir sind nicht anzüglich, sondern poetisch.«

»Allerdings. Und ein Reim wie Giebel–Zwiebel wäre nicht einmal dem jungen Nowikow eingefallen. Hätte jedenfalls Dimitri Gawrilowitsch gesagt.«

Dann sahen Mann und Frau Schoschanna an, als hätten sie erst jetzt ihre Anwesenheit bemerkt. Mager und blass stand sie dicht am Ofen. Sie trug eine unförmige, gefütterte Jacke, die ihr bis zu den Knien reichte, und unter den ziemlich sauberen Galoschen hatte sie

Wollsocken an den Füßen. Sie presste das Kind an sich, das in verwaschene Tücher gewickelt war, und schien nichts um sich herum wahrzunehmen, sie machte nur eine kaum sichtbare Kopfbewegung: Ein Zeichen der Dankbarkeit oder der Verzweiflung oder einfach ein Tick – in diesem Moment hätte es niemand sagen können.

XVIII

Die Begegnung

Während der ersten vier Jahre nach seiner Verhaftung wurde nichts über Dimitri Gawrilowitschs Schicksal bekannt. Dann erfuhr Viktor eines Tages von einem alten Kommilitonen aus dem Polytechnikum (der inzwischen im Volkskommissariat für innere Angelegenheiten arbeitete), dass Dimitri am frühen Morgen des 15. Februars desselben Jahres, 1938, zusammen mit anderen Häftlingen zum Bahnhof gebracht und dort in den Zug Moskau-Leningrad verfrachtet würde, um zuerst nach Kem und dann auf die Solowezki-Inseln verlegt zu werden.

In der Nacht davor erfasste Viktor Bulatowitsch eine gnadenlose Hektik. Zuerst ärgerte er sich über Schoschanna, weil sie noch nicht fertig war und zudem Kira unpassend angezogen hatte: Er ging ja nicht zu einem Fest, sondern sollte in aller Heimlichkeit einmal seinen Vater sehen, den er nur von einem verblichenen Foto aus Universitätszeiten kannte. Dann hätte beinahe ich etwas abgekriegt, weil ich darauf bestand, den legendären Onkel Dima auch zu sehen. Schließlich ließ er sich aber überzeugen und schob uns in den ZIS-5 (zu-

erst mich, dann Kira, und als letzte Tante Schoschanna), den er sich in der Kolchose geliehen hatte. Mama,
im Morgenrock und in Wollpantoffeln, zog uns die Oh-
renklappen der Fellmützen zurecht. Ermahnte uns,
brav zu sein. Dann küsste sie Tante Schoschanna und
winkte Papa zu. Es war bitterkalt. Beim Atmen entwich
weißer Dampf aus dem Mund. Sonst vergnügten Kira
und ich uns immer mit diesem Spiel, das wir »Einne-
beln« nannten. Diesmal jedoch beschränkten wir uns
darauf, uns aneinanderzuschmiegen und durch die
reifüberkrustete Windschutzscheibe verschlafen auf
die Straße zu blicken, während Papa den Lastwagen in
Gang setzte. Der rollte erst träge los, dann begann er zu
dröhnen. Mama stand am Straßenrand und sah uns
ruhig an, ohne sich ihr Zittern anmerken zu lassen. Je
weiter sich unser Lastwagen von ihr entfernte, umso
blasser wurde das Orange ihres Morgenrocks, bis es
schließlich vom Grau der Abgase und der Dämmerung
verschluckt wurde.

Als wir zum Bahnhof kamen, hatte sich die Dunkelheit schon etwas gelichtet, aber kalt war es noch immer.
Papa stellte den Lastwagen zwei Häuserblöcke vorher
ab, nahm uns an der Hand – mich rechts, Kira links –,
und wir gingen zu Fuß weiter. Tante Schoschanna, in
einen blauen Schal gewickelt, blickte meist zu Boden
und konnte nicht mit uns Schritt halten, immer wieder
blieb sie ein Stück zurück. Dann hielt Papa an, und
auch wir hielten an. Papa drehte sich um, und auch wir
drehten uns um, und zusammen fragten wir meine
Tante, ob es zu anstrengend sei und ob sie glaube, es
bis zum Bahnhof zu schaffen. Tante Schoschanna nickte, eingemummelt wie sie war, und unser kleiner Um-
zug setzte seinen Weg fort.

Vor dem Haupteingang stand ein gepanzerter Wagen. Papa machte einen Bogen um das Portal, ermahnte uns, keinen Mucks zu tun, und klopfte zweimal an die Scheibe eines kleinen Anbaus. Ein magerer, gebeugter Mann, der unter einem Pelzmantel geschlafen hatte, öffnete die Tür und flüsterte: »Ich habe euch schon erwartet.«

Papa antwortete: »Danke, Simeon.«

Der Mann ließ uns herein, öffnete eine eiserne Nebentür, die ins Gebäudeinnere führte, und ermahnte uns, vorsichtig zu sein. Wir huschten ein Stück die Mauer entlang und blieben bei einem Fahrplankasten mit zersprungener Scheibe stehen: Von dort aus gelangte man direkt zu den Gleisen. Ein Grüppchen von drei oder vier Soldaten trieb sich neben dem einzigen Zug herum, der einsam dastand wie ein verlassenes Schiff. In diesen Sekunden wagte wohl niemand von uns zu atmen. Dann hörten wir die Bremsgeräusche mehrerer Fahrzeuge, das Zuschlagen von Türen, eine nach der anderen, und etwas Schweres, das über den Asphalt schleifte, wie eiserne Schlangen. Die Soldaten gingen in Habachtstellung. Papa hieß uns, etwas näher an den Zug heranzutreten: Wir waren klein, und in der allgemeinen Aufregung würden sie uns nicht bemerken, und falls doch, sollten wir sagen, wir seien Enkel von Simeon, dem Aufseher. Vorsichtig überquerten wir ein leeres Gleis und blieben hinter dem Zug stehen. Über die Kupplung zwischen zwei Wagen hatten wir Sicht auf den Bahnsteig, wo die Soldaten eine kleine, aber kompakte Mauer bildeten. Vom Haupteingang her näherte sich eine Gruppe Männer. Etwa fünfzig Meter von uns entfernt lehnten Papa und Schoschanna immer noch an der Wand und ließen uns nicht aus den Augen.

Kira und ich hatten von unserem Versteck aus einen Offizier im Blick, der bedächtig voranschritt und anscheinend der Chef war – sein Mantel war schön und mit Kragenpatten ausgestattet, und er erteilte Befehle. Dann, hinter ihm, erblickten wir weitere Soldaten mit glänzenden Stiefeln, und zuhinterst sahen wir, wie uns klar wurde, die Gefangenen.

Einer war in einem besonders üblen Zustand, ein anderer war eigenartig vergnügt, vom dritten sahen wir nur die abgetragene Kleidung, das zerzauste Haar und den ungepflegten Bart. Dann gab es noch einen vierten: klein gewachsen, ein wenig müde, das war alles. Er hatte Ketten an den Handgelenken und den Fußknöcheln. Kira sagte: »Das ist er, das ist er«, danach sagte er nichts mehr. Meiner Meinung nach war es jedoch nicht Onkel Dima. Die Prozession erreichte bereits den Bahnsteig. Einer der Soldaten, vielleicht ein Feldwebel, trat einen Schritt vor, grüßte den Offizier und schlug die Hacken zusammen. Die Gefangenen blieben einer hinter dem anderen stehen. Jetzt sahen wir sie von der Seite. Derjenige, den Kira für seinen Vater hielt, stand unserer Lücke am nächsten. Der Feldwebel war gerade dabei, seinem Vorgesetzten Bericht zu erstatten. Und da rief er ihn. Zuerst war es ein Flüstern, dann wurde er mutiger und rief lauter: »Papa! Huhu, Papa!« Der Mann drehte den Kopf und sah uns an.

Als Viktor und Tante Schoschanna uns später fragten, ob er uns wirklich gesehen hatte und ob er zufrieden oder unzufrieden, traurig oder auch ein wenig erfreut gewirkt hatte, konnten wir keine genaue Antwort geben. Anfangs behauptete ich, ich sei mir nicht sicher, ob er uns wirklich gesehen habe. Kira widersprach: Er

habe uns nicht nur gesehen, sondern uns auch zuge-
lächelt und sogar die angeketteten Hände zum Gruß erhoben. Nie habe ich jemandem meine Zweifel gestan-
den, ob es wirklich Onkel Dima gewesen war.

Auf der Rückfahrt waren wir schweigsam. Papa fuhr
nervös, Tante Schoschanna hatte den Kopf an die Scheibe gelehnt und schien zu schlafen, Kira und ich waren
müde und matt. In einem kleinen Wirtshaus außerhalb
von Moskau legten wir einen Halt ein, aßen heiße Suppe und fuhren weiter. Die Stimmung hatte sich leicht
verbessert. Papa machte eine lustige Bemerkung,
brachte den Anblick der heruntergekommenen Straßen
und Abwasserkanäle irgendwie mit dem entsetzten Gesicht Lenins in Verbindung. Ich erinnere mich, dass
Tante Schoschanna ein schwaches Lächeln zustande
brachte. Unterdessen zählten Kira und ich die wenigen
Fahrzeuge, die uns entgegenkamen: insgesamt fünf,
davon zwei Lastwagen.

Sie hielt sich an einfache, gedämpfte Farben, unsere
Landschaft: die Häuser, die schwarzen, kargen Bäume,
die hungrigen Köter, die sich jagenden Telegrafenmas-
ten. Dann erschienen in der Ferne die weißen Dächer
und rauchenden Kamine der Häuser von Miroslaw,
über denen wie rußiges Laub einzelne Krähen herum-
flatterten, und während Papa abrupt in einen anderen
Gang schaltete, sagte er: »Heute Nacht wird es wieder
schneien, und dann geht es so weiter bis spät in den
März, ihr werdet sehen.«

XIX

Allem Anschein nach das dritte Verhör

»Soldat Almasow!«

»Genosse Kommandant!«

»Sie haben bei der Verteidigung von Noworossijsk großen Mut bewiesen.«

»Ich habe bloß ein paar Matrosen erklärt, wie man Brücken und Stege baut.«

»Verraten Sie mir eins, Soldat Almasow.«

»Jawohl, Genosse Kommandant.«

»Woran denken Sie, wenn Sie Capablanca–Löwenfisch hören?«

»An Schach.«

»An Schach?«

»Jawohl, Genosse Kommandant.«

»An nichts sonst?«

»Nein.«

»Vor zwei Jahren haben Sie einem Bekannten auf den Solowezki-Inseln einen Brief geschickt.«

»Ja, einem Freund. Er ist mehr als nur ein Bekannter, Genosse Kommandant.«

»Jedenfalls hat Ihr Bekannter diesen Brief nie bekommen.«

»Jawohl, Genosse Kommandant.«

»Meines Wissens war Ihr Bekannter da bereits tot.«

»...«

»Deswegen sind wir der Sache nicht weiter nachgegangen.«

»Genosse Kommandant, können Sie mir sagen, woran er gestorben ist?«

»Bronchopneumonie. So steht es im Rapport.«

»Jawohl, Genosse Kommandant.«

»Bekanntlich ist das Leben dort hart.«

»Jawohl, Genosse Kommandant.«

»Der Brief hat uns großes Kopfzerbrechen bereitet.«

»Er hat ihn also nie bekommen?«

»Nein.«

»Genosse Kommandant, ich...«

»Soldat Almasow!«

»Zu Befehl!«

»Sie werden mit dem Dienstgrad eines Feldwebels ausgezeichnet und erhalten eine Medaille für die heldenhafte Verteidigung des Kaukasus.«

»Jawohl, Genosse Kommandant... darf ich fragen, wann genau er gestorben ist?«

»Wie bitte?«

»Herr Kommandant, können Sie...«

»Genosse Feldwebel! Sie sind jetzt ein Held der Sowjetunion.«

»Ich fühle mich geehrt, Genosse Kommandant.«

»Man wird Ihnen auch den Bogdan-Chmelnizki-Orden verleihen.«

»Jawohl, Genosse Kommandant. Aber...«

»Ich gratuliere Ihnen, Feldwebel Almasow!«

»Zu Befehl.«

»Sie können gehen, Feldwebel. Wir sehen uns nächsten Donnerstag bei der Siegesfeier und der Verleihung der Medaillen.«

»Jawohl, Genosse Kommandant. Aber…«

»Ich habe gesagt, Sie können gehen, Feldwebel Almasow.«

XX.

Die Rückkehr

Es war viel schlimmer geworden mit seinem Stottern. Für einen einfachen Satz wie »Ich gehe mal Holz hacken« oder »Was gibt es zum Essen?« brauchte er fast zwanzig Sekunden (Kira und ich machten uns einen Spaß daraus, die Zeit zu messen). So wurde er noch schweigsamer und hütete seine kleinen Dinge noch eifersüchtiger: die Schublade, das Notizbuch, das Schachspielen und die Abendspaziergänge. Seit der Rückkehr von der Front ließen sich seine alltäglichen Aktivitäten in zwei Kategorien einteilen: Flucht und Erdulden. Wie im Krieg. Kira und ich erstellten eine Liste.

Er floh: 1. den Kontakt mit seiner Frau Alina Petrowna, die immer dicker und unzufriedener wurde (insbesondere ertrug er keine kubankosakischen Volksweisheiten mehr). 2. die geringste Anspielung auf Dimitri Gawrilowitsch oder auf den Krieg, außer wenn die Initiative von ihm ausging. 3. Schweinefleisch (er erzählte einmal, dass er während einer Belagerung tagelang Schmalz essen musste, immer nur Schmalz, und dass Schwein seither für ihn nur noch diese schmutzigweiße, nach Tod schmeckende Substanz war). 4. Begegnungen mit Menschen, sogar auf der Basis simpler

Blickwechsel, insbesondere mit Menschen gleichen Geschlechts und solchen, die ihn schon in der Vorkriegszeit gekannt hatten. 5. meine Ungezügeltheit und meine Sturheit. (Einmal sagte er: »Warum hast du von mir ausschließlich Fehler übernommen, wo du doch bei den Vorzügen die Qual der Wahl gehabt hättest? Fehlt nur noch, dass du auch anfängst zu stottern.« Kiras Messung zufolge brauchte er dafür eine ganze Minute). 6. jegliche Anspielungen auf sein Fluchtverhalten.

Er erduldete: 1. die Tatsache, dass er, um zu überleben, jeden Tag etwas essen musste. 2. den Anblick Schoschanna Sokratownas, die immer magerer und befangener wurde (sie hatte gleich nach dem Krieg in einer Ziegelfabrik ganz in der Nähe von Miroslaw Arbeit gefunden). 3. ab und zu eine Tasse Wodka (es handelte sich um eine Teetasse aus Keramik, mit einem banalen Blumenmotiv). 4. dass er mir und Kira bei den Mathematikaufgaben helfen musste (es verleidete ihm jedoch immer bald, und dann schickte er uns brummend weg). 5. Kiras lyrische Versuche und seine Sehschwäche (sobald er ein wenig Geld zusammenhätte, wollte er ihm eine schöne Brille kaufen). 6. die Feldarbeit (manchmal schickte ihn die Kolchose zur Unterstützung der Bauern der Nachbardörfer aufs Feld).

Von diesen Charakterzügen abgesehen, die teilweise schon vor dem Krieg ziemlich ausgeprägt gewesen waren, zog sich der Nachkriegs-Viktor zudem eine eigenartige, neue Krankheit zu: einen beinahe morbiden Wissensdurst in Bezug auf den allerunbedeutendsten Buckel der geologisch-geografischen Geschichte der Erde, nämlich den Ryschi Rog, das Rosthorn, das manche aus naheliegenden Gründen beharrlich Krasnyi Rog, Rothorn, nannten und das fünf Kilometer südlich von Miroslaw verwaschen erdfarben in die Höhe ragte.

Etwa zweimal die Woche machte er sich, ohne auf das Wetter oder etwaige berufliche oder häusliche Pflichten zu achten, in seinem alten Mantel auf den Weg (dieser gehörte weder in die Kategorie Flucht noch in die Kategorie Erdulden, und was die Einordnung noch komplizierter machte, war die Tatsache, dass er nicht einmal zu den wenigen Dingen gehörte, die er bedingungslos liebte. So kamen Kira und ich nach intensivem Überlegen zu dem Schluss, dass dieser Mantel zwingend eine nicht klassifizierbare Größe für sich darstellen musste) und erreichte nach einem langen Marsch den Fuß des Ryschi Rog. Bis hierher war alles klar, doch niemand erfuhr je genau, was danach geschah, was er in den darauffolgenden Stunden trieb. Jemand aus Miroslaw stellte die gewagte Hypothese auf, unter dem Buckel befinde sich ein Geheimbunker aus Kriegszeiten, und Viktor sei dort Wächter. Ein anderer sprach von einem Wissenschaftslabor, wo man die fantasievollsten Experimente durchführte – von der Atombombe bis hin zu Beweisen für außerirdisches Leben –, und Viktor sei dort offenbar die Nummer eins unter den Wissenschaftlern.

Der Friseur Surin ließ eines Tages in einem der beiden Wirtshäuser von Miroslaw alle verstummen, als er nach einem Dutzend Gläsern Wodka laut erklärte: »Genossen, meiner Meinung nach vergnügt sich dieser Hurensohn dort einfach mit irgendeiner Ryschaja, einer rothaarigen, pauswangigen Bäuerin aus der Umgebung. Lasst uns also einen auf die Gesundheit der stählernen Eier des Genossen Almasow trinken!«

An jenem Abend lachten und tranken alle, aber am

nächsten Tag trieb die scharfsinnige Bemerkung des Friseurs Surin schon wieder in jenem Vergessen, das auf einen Vollrausch folgt. Was hingegen zurückblieb, war ein Nachgeschmack der Irritation, dass einer ihrer Dorfgenossen so sonderbar war, dass er zu Fuß fünf Kilometer bis zu einem dreckigen Hügel ging, um dort stundenlang zu bleiben, manchmal bis zum Tages-anbruch. Vielen fiel wieder die verstaubte Episode mit der Glocke und seine Freundschaft mit dem verrückten Wolodja ein. Zuerst schüttelten sie den Kopf wie über ein Kuriosum, dann zuckten sie mit den Schultern wie über etwas Unabwendbares, und schließlich vergaßen sie alles wieder, so wie man die Umrisse eines Hauses vergisst, sobald man es betreten hat.

XXI

Die Brille (oder eigentlich das Brillengestell)

Zwei Tage lang rührte es niemand an. Das Paket lag auf dem massiven Holztisch in der Mitte des Raums, wurde beim Essen wie ein Tischgenosse behandelt, wie ein erwarteter, aber nicht besonders willkommener Gast. Nur Kira und ich warfen ab und zu neugierige Blicke darauf. Viktor Bulatowitsch beugte sich über seine Suppe, Mama und Tante Schoschanna tauschten wissende Blicke aus und schlichen darum herum, ohne es anzurühren. Am dritten Tag überraschte mein Vater Kira und mich dabei, als wir gerade die Schnur durchschneiden wollten, die um das braune, leicht übel riechende Papier des Pakets gewickelt war.

»Ihr Rotzbengel, schert euch weg«, schrie er, stürzte sich auf uns und nahm sich das Paket. Er betrachtete es, als sähe er es zum ersten Mal, und kam zu dem Schluss, dass der Zeitpunkt gekommen war, es zu öffnen. Unterdessen hatten Kira und ich an der am weitesten entfernten Tischkante Stellung bezogen und verfolgten nun aus sicherer Distanz das Tun meines Vaters, der zunächst auf die Idee verfiel, die Schnur mit den Zähnen durchzubeißen (ich kicherte, Kira stieß mich mit dem Ellenbogen an), um sich dann, als er sah, dass es hoffnungslos war, wieder an unsere Anwesenheit zu erinnern.

»Wo ist die Schere?«, fragte er. »Ich rede mit euch zwei Nichtsnutzen.«

Da sein Ton milder klang, streckte ich ihm die angerostete Schere hin. Er riss sie mir aus der Hand und durchschnitt die Schnur. Dann fand eine große Veränderung statt: Sobald er einen Blick hineingeworfen hatte, erfasste ihn förmlich der Luftzug, der dem Paket entströmte wie der Luke zu einem verlassenen Keller, und eine Art Automatismus zog ihn zum nächsten Stuhl, wo er mit gesenktem Kopf, hängenden Armen und schlaffen Beinen sitzen blieb. Leise traten auch wir näher und nahmen als Erstes den schalen, fast abstoßenden Geruch wahr. Wir konnten einen abgewetzten blaugrauen Streifen Stoff sehen, ein paar vergilbte, fleckige Blatt Papier, ein Stück Leder, das vielleicht von einem Gürtel oder von Stiefeln stammte, und über allem Tabak, Mäusekot und Sägemehl. Das reichte uns, und wir huschten davon, ohne dass Viktor es merkte, der in diesem Moment nicht mehr er selbst zu sein schien, irgendwie unvollständig wirkte. Nein, nicht der Mantel fehlte, es war etwas anderes – Viktor erinnerte an eine Zahl, der eine Null abhanden gekommen ist, an eine auf die Sitzfläche aus lockeren Seilen gesetzte Vier oder Sieben, an deren Seite sich anstelle der entwendeten und für immer verlorenen Zahl eine geöffnete Luke befand.

Das Einzige, was Mutter und Tante Schoschanna bei der nachfolgenden, sorgfältigeren Untersuchung des Paketinhalts für rettungswürdig hielten, war die Brille, die mein Vater seinerzeit Dimitri Gawrilowitsch geschickt hatte. Die Gläser waren gesprungen, aber das Horngestell hielt noch. So sah Viktor den Moment gekommen, Kiras Sehprobleme zu beheben. Er steckte die Brille in die Tasche und verstummte für Tage, bis er eines Nachmittags seine berühmte Schublade öffnete und eine wirklich besondere Brille herausnahm: Die Gläser hatte er irgendwo beschafft, das Gestell und die Bügel hingegen hatte er eigenhändig mit Gravierungen und hölzernen Applikationen dekoriert. Zudem hatte er aus dem Lederstück, das sie im Paket gefunden hatten, ein elegantes Etui hergestellt. Beim Anblick der Brille klatschte Tante Schoschanna in die Hände, während meine Mutter fortfuhr, Bettlaken zu bügeln, und sich die Gelegenheit nicht entgehen ließ, eine alte kubankosakische Redensart zum Besten zu geben (»Was dem Auge fehlt, gewinnt das Gehirn hinzu«). Kira war begeistert – nicht nur würde man ihn in der Schule endlich nicht mehr als Halbblinden bezeichnen, alle würden sogar selbst halbblind sein wollen, um ebenfalls mit einer solchen Brille angeben zu können (glücklicherweise war er zu jung, um zu verstehen, dass dieser Gegenstand das Einzige war, was ihm von seinem Vater blieb, von einem wurmstichigen Regal voller Gedichtbände abgesehen. Das Haus des Großvaters Kirill mitsamt Land und Linde war seinerzeit beschlagnahmt und an die Kolchose überschrieben worden).

Die Euphorie in der Familie währte jedoch nicht lange, da Kira ungefähr zwei Wochen später ohne Brille von der Schule nach Hause kam – jemand hatte sie ihm in der Pause aus dem Schulzimmer geklaut, er hatte sie im Etui verstaut und dieses in den Ranzen gesteckt.

»Du bist einfach ein Dummkopf, Kira. Ein armer Dummkopf«, brach es aus Tante Schoschanna heraus, und bevor sie die Tür zuschlug und sich in ihrer Kammer einschloss, verkündete sie noch, dass man sie für mindestens zwei Tage nicht stören dürfe.

Da begann Kira zu flennen. An dieser Stelle ein paar Worte zu seinem Weinen, das nicht gerade Seltenheitswert hatte und von meinem Vater »Operation Myschkin« genannt wurde: Es begann mit kleinen Zuckungen und einem verzerrten Gesicht, das zunächst an Gelächter erinnerte, sich jedoch bald zu krampfhaftem, hysterischem Schluchzen entwickelte. So geschah es auch an diesem Tag. Viktor hob den Blick an die rußige Decke: »Nein, bitte nicht, bitte keinen Myschkin. Sogar einen Smerdjakow könnte ich ertragen, aber ihn nicht.«

Am nächsten Tag stürmte er ohne Vorankündigung in unser Schulzimmer. Es befand sich im Erdgeschoss, und da der Fußboden aus Holz war und bei jedem Schritt knarrte, waren die schweren Stiefel meines Vaters schon zu hören, bevor er schwer durch die Tür hereinpolterte. Die Lehrerin, Anna, klein, pausbäckig und von grundgütigem Wesen, fiel fast in Ohnmacht vor Schreck. Mein Vater nahm die Filzmütze vom Kopf und knetete sie, während er irgendeine Entschuldigung brummte. Kira und ich wechselten bestürzte Blicke. Die Lehrerin fasste sich ein Herz und fragte stockend: »Nun ... Genosse Viktor Bulatowitsch ... könnte man den Grund für ... diesen Überfall erfahren?«

»Ich komme wegen der Brille, Genossin ...«

»Anna Wissarionowna«, soufflierte ich aus der ersten Reihe, weniger als einen halben Meter von seinem Mantel entfernt. Er warf mir einen Blick zu und wollte etwas sagen, doch die Lehrerin kam ihm zuvor und sagte diesmal geistesgegenwärtiger: »Von welcher Brille reden Sie, Genosse Viktor Bulatowitsch?«

»Mein Kiruscha«, sagte da mein Vater und deutete mit der Filzmütze auf Kiras Platz hinter dem meinen, »ist gestern ohne Brille nach Hause zurückgekehrt.«

Die Lehrerin zuckte zusammen: »Wollen Sie damit sagen, dass er sie in der Schule verloren hat? Oder schlimmer, dass sie ihm jemand gestohlen hat?«

»Wenn Sie erlauben, äh… Anna Wissarionowna«, sagte er und hustete in die Faust, »ich möchte kurz etwas zur Klasse sagen.«

»Bitte«, willigte die Lehrerin wenig überzeugt ein und drehte sich, ein Stück Kreide in der Hand, der Wandtafel zu. Im Profil sah man, wie angespannt ihr Gesicht war. »Ich schreibe inzwischen ein paar Aufgaben auf.«

Eine Weile betrachtete Viktor stumm die braune Bluse und den strohblonden Dutt von Anna Wissarionowna, dann wandte er sich mit seinem massigen Rumpf der Klasse zu, bearbeitete wieder seine Mütze und hielt eine der längsten und deutlichsten Reden, die Kira und ich je aus seinem Mund gehört hatten.

Sie begann so: »Kinder, ihr könnt es euch vielleicht kaum vorstellen, aber als ich in eurem Alter war, gab es noch keine schönen Schulen wie jetzt, und ich lernte das Lesen und das Einmaleins bei einem Geistlichen, einem Diakon namens Sergej.« Er legte eine Pause ein, hüstelte erneut und fuhr fort: »Wir zogen ihn am Bart und spotteten über ihn, ich und mein Freund Dima.« Das bezopfte Mädchen neben Kira lachte, die Hand auf den Mund gepresst. »Aber dann«, fuhr Viktor fort, »sind wir groß geworden, und mein Freund hat beschlossen, aus Miroslaw wegzugehen.«

Nun war es einen Moment lang still. Ich drehte mich wieder zu Kira um.

Er redete weiter, sagte ein wenig pathetisch, die Freundschaft mit diesem Dima sei für ihn ein Geschenk gewesen, eine Gnade, und kein anderer als er könne sich nun um dessen Sohn Kiruscha kümmern, der uns allen wohlbekannt sei – er wies mit der Hand auf ihn. Ein Dutzend kleiner Köpfe drehte sich Kira zu, worauf dieser seinen Kopf zwischen den ausgestreckten Armen verbarg.

Dann kam Viktor auf seine gefühlsduselige Theorie der Gnade zu sprechen. »Wisst ihr, was Gnade bedeutet?« Die Köpfe drehten sich erneut. »Ich wette, dass ihr keine Ahnung habt, und vielleicht ist es auch ein Glück, dass man gewisse Dinge nicht mehr in einem bestimmten Alter und auf eine bestimmte Weise vorgesetzt bekommt.« Er selbst hatte allerdings keine Bedenken, uns seine Theorien vorzusetzen. »Nun, Gnade ist Folgendes: Ihr habt riesige Lust, Fußball zu spielen, aber keinen Ball, niemand hat einen, keiner eurer Freunde oder Spielgefährten, doch euer Verlangen, Ball zu spielen, ist unwiderstehlich. Und gerade als ihr aufgegeben habt und euch traurig auf den Heimweg macht, seht ihr auf einem Baum, zwischen zwei Ästen, einen glänzenden, fast neuen Ball. Ihr schaut euch ein bisschen um, versucht herauszufinden, wer ihn verloren hat, findet jedoch keine Menschenseele im Umkreis einer Werst – dieser Ball scheint wirklich vom Himmel gefallen zu sein. Was würdet ihr da fühlen?«

Die Lehrerin stand schon eine ganze Weile reglos da, mit dem Rücken zu uns. Wenn man von einem Rücken sagen kann, dass er aussieht, als würde er zuhören, dann war das jetzt der Fall: Anna Wissarionownas

Rücken hörte zu. Und auch wenn in dieser kleinen Komödie etwas falsch klang und störte wie ein Baumstamm in einem Auto, hörten wir ebenfalls zu.

Auf die Gnade kam er nicht mehr zurück. Plötzlich wechselte er das Thema und sagte, sein Freund Dima habe sich gewünscht, dass sein Sohn Dichter werde. »Nun ja, ich weiß nicht, ob Kiruscha jemals einer dieser komischen Käuze sein wird, die man Dichter nennt«, hier verheddere er sich zum ersten Mal und kämpfte heroisch mit den beiden »k« von »komischen« und »Käuze«, »aber ich weiß, dass er es nicht einmal versuchen kann, wenn er nicht gut sieht.« Er hustete wieder, legte die Mütze auf mein Pult, überlegte es sich aber sofort anders, nahm sie wieder an sich und setzte seine Rede fort: »Er wird leben wie der kleine Fisch aus dem Märchen«, für ihn war selbstverständlich, dass alle es kannten, »der außerhalb des Verstecks nichts erkennen kann, ohne Brille.« Einen Moment lang stand er gedankenverloren da, dann setzte er die Mütze wieder auf und sagte: »Auf Wiedersehen, Anna Wissarionowna. Auf Wiedersehen, Kinder.«

Die Lehrerin hatte sich inzwischen wieder zu uns gedreht und bedeutete uns mit Handbewegungen, aufzustehen. Nur Kira blieb sitzen. Als die Schritte meines Vaters auf den Holzdielen verhallt waren, drehte ich mich um und flüsterte: »Du wirst sehen, morgen erinnert sich schon keiner mehr.«

Er schenkte mir einen flüchtigen, ausdruckslosen Blick und bettete den Kopf wieder zwischen die ausgestreckten Arme. Am Zucken seiner Schultern erkannte ich, dass er weinte.

Am nächsten Morgen, als wir auf dem Weg zur Schule über unseren Hof gingen, sahen wir im Birnbaum, der schon bessere Tage gesehen hatte, aber dennoch unverdrossen und treu neben dem Tor Wache hielt, etwas glitzern – es hing an einem hervorstehenden Ast und warf den Schein der matten Wintersonne zurück. Kira kniff die Augen zu zwei winzigen Schlitzen zusammen, ich rieb die meinen mit den behandschuhten Fäusten, und beide nahmen wir das Objekt ins Visier: Es war seine Brille. Daneben das Etui, der Länge nach auf den Ast gelegt, damit es nicht herunterfiel.

XXII.

Im Kino
Himmelsvagabund

Auf der Leinwand ist eine lange Allee zu sehen. Langsam kommt ein Panzer näher.

»Ich wollte dir nur sagen, dass … äh … ich beobachte dich nun schon seit zwei Monaten, sehe, wie fleißig du bist. Du bist wohl sehr einsam …«

»Psst …«

Der Panzer hält an, und ein höchstens fünfzehnjähriger, sommersprossiger Junge blickt aus dem Geschützturm. Er wirkt eher orientierungslos als verängstigt.

Schoschanna Sokratowna spürt kleine Stiche, die sich in ein Schwindelgefühl verwandeln könnten, wie man es in seinem Leben nur zwei oder drei Mal verspürt, auch wenn sie gemeint hat, ihre Ration sei schon aufgebraucht. Sie befeuchtet die Lippen und raunt, ohne je den Blick von der Leinwand abzuwenden, ihrem Sitznachbarn zu: »Genosse Martinenko, wissen Sie, dass ich zum ersten Mal so dicht neben einem Mann sitze, der nicht mein Schwager ist? Seit Dimitri Gawrilowitsch weggegangen ist …«

»Hier bin ich nicht dein Vorgesetzter, Schoschanna.

Du kannst mich einfach Igor nennen, Igor Fjodorowitsch.«

Mit konzentrierter, ernster Miene versucht der sommersprossige Junge eine Karte zu lesen. Er hat die Ärmel seiner Uniform bis über die Ellbogen hochgekrempelt und stützt sich mit den Armen am Rand des Geschützturmes auf.

Igor…

Mehrmals wiederholt Schoschanna für sich den Namen. Er ist Haupttechnologe in der Ziegelfabrik und im Vorjahr aus Moskau hergezogen. Nach zwei Monaten verstohlener Blicke und der einen oder anderen Bemerkung ist es ihm gelungen, diese zarte Frau mit der durchscheinenden Haut ins Kino einzuladen, das man vor Kurzem in einem ehemaligen Arsenal unweit der Fabrik eingerichtet hat. Ruhig und nachdenklich sitzt sie da, streicht ab und zu über dem Knie eine Falte im Saum glatt. Das gelbe Kleid und die weißen Beine wirken im Licht des Projektors milchig, und man könnte meinen, sie fahre mit der Hand über gekräuselte Haut, wie sie manchmal an der Oberfläche von Milch entsteht.

Am Nachmittag hat Schoschanna nach langer Zeit wieder einmal die Truhe mit den Kupferbeschlägen geöffnet – sie hatte Dimitri Gawrilowitschs Großmutter gehört und war dann an sie übergegangen – und das gelbe Chiffonkleid mit den grünen Blumen hervorgeholt, das sie damals getragen hatte, als sie ihrem künftigen Mann zu folgen beschloss und zusammen mit ihm den ersten Lastwagen Richtung Miroslaw bestieg. Sie hatten sich in eine Ecke neben die Kartoffelsäcke gehockt, und nach einer Weile hatte sie auf ihrem Kleid auf der Höhe des rechten Oberschenkels einen birnenförmigen Fettfleck bemerkt. »Oh, vielleicht ist hier irgendwo Öl«, hatte sie gesagt und Dimitri Gawrilowitsch durch halb geschlossene Lider angesehen. Und er berührte sie am Oberschenkel, um herauszufinden, was es sein mochte. Sie rührte sich nicht, wagte kaum zu atmen, und so gaben sie sich zum ersten Mal einen Kuss. Schoschanna erinnert sich noch klar an den staubigen Geschmack, der sich in ihrem Gaumen festgesetzt und sie nicht losgelassen hatte, bis sie wieder von dem Lastwagen herabsprangen.

Auch Igor Fjodorowitsch scheint nun Ausschau nach einem imaginären Fleck auf ihrem Oberschenkel zu halten.

Der Junge auf der Leinwand ist inzwischen vom Panzer herabgestiegen und versucht, ein in lateinischen Buchstaben geschriebenes Schild zu entziffern, das einen ihm noch unbekannten, einige wenige Kilometer entfernten Ort ankündigt. Die Karte ist zerknittert, er hält sie lässig in der Hand. Jetzt sieht man auch einen zweiten, etwa gleichaltrigen Jungen, der seinen Lockenkopf aus dem Panzer streckt und dem ersten etwas zuruft.

»Igor, du weißt, ich habe einen Sohn...«

»Ich weiß.«

Sie ist überzeugt, dass ein Wesen aus Haut und Knochen wie sie keinen Mann mehr anziehen kann. Gleichzeitig verschafft ihr der Gedanke, dass es vielleicht doch anders sein könnte, ein fast spitzbübisches, prickelndes Gefühl. Sie führt eine Hand zum Kopf und lässt ihre dünnen Finger vom Nacken her abwärts durch das Haar gleiten, bis zu den Haarspitzen, die ihr auf die kleinen, noch festen Brüste fallen. Igor folgt ihrer Bewegung, und wo die Hand innehält, hält auch sein Blick inne. Er seufzt leise. Schoschanna entgeht nichts, auch der Seufzer nicht, und längst wünscht sie sich, er möge einen imaginären Fleck auf ihrer Brust entdecken.

Auf der Leinwand springt der zweite Junge vom Panzer, und als er beim ersten anlangt, müht dieser sich immer noch mit dem Ortsschild ab. Jetzt studieren sie es zu zweit. Plötzlich verdeutlicht eine Naheinstellung auf den zweiten Jungen, der (wie man nun merkt) das lateinische Alphabet beherrscht, dass dieser Lockenkopf, diese zuvor gerunzelte, jetzt entspannte Stirn, dieses Mündchen, über dem ein dünner Schnurrbart prangt und das sich schon zu einem Bogen formt, um ein großes Lächeln willkommen zu heißen, alles verstanden hat, alles … Er packt den ersten Jungen am Kragen, schüttelt ihn geradezu brutal und sagt etwas wirklich Bedeutsames …

Das Weiß der Augen Igors wird noch weißer, als er sein Gesicht der Leinwand zudreht. Schoschanna gefällt das Spiel des weiß-grauen Lichts in den Augen ihres Sitznachbarn – es kommt ihr vor wie ein Echo auf ihr Kleid und ihre Knie. Und sie möchte seine Augen noch genauer sehen, bevor der Film zu Ende ist. Also hält sie selbst Ausschau nach einem Fleck: Da, schon gefunden, an der Schulter des schwarzen Jacketts von Igor haftet eine winzige Feder, wer weiß woher …

»Wer weiß, woher du dieses Ding da hast …«

In der Reihe vor ihnen dreht sich ein Mann mittleren Alters verärgert um.

»Psst …«

Igor nähert sich Schoschannas Gesicht, und sie müssen lachen.

Inzwischen sind die beiden jungen Soldaten in Begeisterung geraten. Sie tanzen und schreien aus voller Kehle: Berlin, Berlin …

Manche Leute im Kinosaal stehen auf und klatschen, andere bleiben sitzen, aber auch sie applaudieren aufgeregt und ergriffen. Schoschanna und Igor geben sich einen kurzen, intensiven Kuss. Gleich darauf springt Igor wie elektrisiert auf und beginnt zusammen mit den anderen zu klatschen. Immer wieder richtet er das schimmernde Weiß seiner Augen auf Schoschanna, klatscht dabei aber weiter. Sie rührt sich nicht, streicht den Saum ihres Kleides glatt und erwidert lächelnd seine Blicke.

Auf der grauen Leinwand erscheint der Schriftzug конец фильма, Ende.

XXIII

Der Aufsatz

Am Ende des elften Schuljahres gab Kira bei der Prüfung in russischer Sprache und Literatur folgenden
Text unter folgendem vorgegebenen Titel ab:

Was ich in Zukunft für das sowjetische Vaterland tun
werde

Irgend etwas schreckt Dilettanten letztlich immer ab:
sei es die Begegnung mit einem Meister, einem Meister-
werk oder jene eigenartige, nur selten vernehmbare inne-
re Stimme, die verhindert, dass man die Schwelle über-
tritt, sich weiter vorwagt. Ich habe mit diesem inneren
Spezialisten für Abschreckung diskutiert, habe gegen ihn
angekämpft, mehrmals beschlossen, seinen Ratschlägen
zu folgen, fürchte aber, dass meine künftigen Taten vor
allem aus Trotz gegenüber diesem inneren Dämon ge-
schehen werden, und erst an zweiter Stelle aus Liebe zum
sowjetischen Vaterland. Meine Taten werden von Unver-
meidlichkeit erzählen, von der Unbezähmbarkeit einer
Person, die immer auf der Suche nach dem Vaterland ist,
das in der Kindheit allen leuchtet und in das noch nie
jemand einen Fuß gesetzt hat. Sie werden von der Ein-
dringlichkeit des Bildes meines Vaters erzählen, der mir

nie Vater war, von der stillen Mutter, die eine zweite Liebe fand, sie aber kurze Zeit später ebenso verlor wie die erste, vom einzigen Bruder, den ich hatte, und von einem großen bärenhaften Mann, der im Grunde mein Vater ist.

Ich kann noch nicht genau sagen, was ich tun werde, aber ich weiß genau, dass ich nichts anderes tun können werde, als das, was ich tue. Und ich werde es nicht nicht tun können, so wie ein Kind, das man darum bittet, eine weiße Kuh, einen alten, müden Esel oder einen von seinem Rudel verlassenen Wolf zu malen, dabei aber die Bedingung stellt, es dürfe nicht auf die Kühe, die Esel und Wölfe zurückgreifen, die es in seinem Leben schon gesehen hat, es müsse sie sich ausdenken und dann als Wesen malen, die nie Milch gegeben, Lasten transportiert oder im tiefen Wald gelebt haben: einfach Kuh, Esel und Wolf. Was ein aufgewecktes, empfindsames und geschicktes Kind da aufs Papier bringt, entspricht dem, was ich tun werde.

Als ich klein war, habe ich einmal in einem Buch über Malerei den Stich eines deutschen Künstlers gesehen: Darauf war ein furchtloser Ritter abgebildet, der sich von der Sanduhr, die ihm der Tod mitten auf dem Weg entgegenstreckt, nicht aufhalten lässt. Ein junger Mann, der sich traut, dem Tod zu trotzen. Der allem trotzt. Er fühlt, dass er die Zeit des Todes in seiner Hand hat, und als Schild dient ihm eine Unruhe, die ihn in die nächste und wieder nächste Zeit treibt, ohne Umwege um Wälder und Täler, immer geradeaus ins Herz des Lebens, dessen Rhythmus weniger von den Schlägen der Glocken als von jenen der Schwerter bestimmt wird. Doch der Tod mit seinem Stundenglas feixt. Ich habe meinen Bruder Sascha nach seiner Meinung dazu gefragt, und furchtlos wie jener Ritter hat er gesagt, er für seinen Teil würde dem Tod entgegentreten, ihm die Beine brechen und die Sanduhr auf dem Kopf zerschlagen. Ich habe ihn mitleidig angesehen. Sascha hat ein großes Herz, aber er weiß noch nicht, dass der Schild des Ritters nur aus Stroh, der Helm aus Ton und der Speer aus Schilfrohr ist. Sascha ist ein gutgläubiger Kerl, er weiß noch nicht, mit welchen Tücken das Leben aufwarten wird. Aber ich weiß es.

Ich kann noch nicht genau sagen, was ich in Zukunft tun werde, aber ich weiß genau, dass ich, was auch immer es sein wird, als Erster und Einziger verlieren werde, wenn es etwas zu verlieren gibt, und dass das sowjetische Vaterland als Erstes und Einziges gewinnen wird, wenn es etwas zu gewinnen gibt. Ich mache mir aber keine Illusionen und will auch meiner Heimat keine Illusionen machen – wahrscheinlich wird es nur etwas zu verlieren geben.

PS: Bitte diesen Aufsatz nicht Sascha zeigen, er erträgt meinen Pessimismus nicht. Vor zwei Tagen hat er mir ein Buch an den Kopf geworfen, nur weil ich zu ihm gesagt habe, dass mir Schopenhauer besser gefalle als Hegel. Stellt euch das mal vor!

Natürlich las ich ihn gleich am nächsten Tag. Nicht nur ich, die ganze Schule las ihn, danach alle Eltern und halb Miroslaw. Er wurde an der Zeitungswand aufgehängt, als Beispiel dafür, wie man Aufsätze *nicht* schreiben sollte. Eilig wurde ein Disziplinarausschuss einberufen, und Kira, der aussichtsreichste Anwärter auf eine Goldmedaille für die besten Schulleistungen, wurde wegen seines auf »zweifelhafte, umständliche und abwegige« Weise geschriebenen Aufsatzes aus den Reihen der Jungkommunisten ausgeschlossen.

Einmal mehr war es Viktor Bulatowitsch, der die Angelegenheit regelte. Als er vor den Ausschuss trat, kam er direkt von der Baustelle des neuen Zuchtbetriebs. Verschwitzt, die Hemdsärmel bis über die Ellbogen hochgekrempelt, in der Hand einen Holzhammer. Ein Mitglied des Ausschusses, der Schulleiter, sagte mit erstickter Stimme: »Genosse Almasow, mir scheint das kein passender Ort zu sein für ein solches… Werkzeug.«

Viktor sah zuerst den Hammer an, dann die drei im Halbkreis sitzenden Lehrer.

»Sie haben recht. Verzeihen Sie bitte. Wir haben heute mit dem Bau eines neuen Schweinestalls angefangen…«, er schwang den Hammer, »hier ein Schweinestall, dort ein Schweinestall…«

»Der spinnt ja völlig«, raunte eine kräftig gebaute Blondine, die Turnlehrerin, der braunhaarigen Kollegin neben sich zu, die etwas Ziegenhaftes an sich hatte und, wie um ihr beizupflichten, mit dem Kopf wackelte.

Der Schulleiter sagte: »Sie haben das Glück, Genosse Almasow, dass wir höchst aufgeschlossene Menschen sind. Wir können versuchen, eine Lösung zu finden, aber nur wenn Sie aufhören«, er deutete mit seinem kahlen Kopf auf den Hammer, »dieses Instrument zu schwingen.«

»Achten Sie einfach nicht darauf, Genossen«, sagte Viktor und legte den Hammer auf den nächstbesten Stuhl. »Sagen Sie mir lieber, warum ihr meinen Kiruscha durchfallen lassen wollt. Was hat er denn so Schlimmes geschrieben?«

»Der Aufsatz Ihres Sohns…«, setzte die Blonde an, neigte sich dann unvermittelt zu ihrer ziegenhaften Nachbarin hinüber: »Es ist doch sein Sohn, oder?« Diese

nickte. »Nun, wie gesagt, der Aufsatz Ihres Sohnes ist …
respektlos. Das ist er!« Sie schlug die Faust auf den
Tisch.

Etwas verärgert und auf dem besten Weg, wütend zu
werden, sagte Viktor: »Eins kann ich Ihnen sagen, liebe
Lehrer. Diesen Jungen habe ich selbst großgezogen,
und zwar mit diesen Händen« – er streckte die Arme
aus wie jemand, der sich eben die Venen aufgeschnitten hat und der Welt zeigen will, wie beherzt und sachverständig er es getan hat, »und ich kann Ihnen garantieren, dass er ein Goldjunge ist. Er ist ein bisschen
überempfindlich und hat seltsame Ideen im Kopf, das
schon«, ohne sich zu unterbrechen, nahm er den Hammer wieder vom Stuhl, »aber so könnte er nicht mehr
auf die Universität gehen, wie Sie wissen, und bestenfalls könnte er dann in irgendeiner abgeschiedenen
Stadt im Norden Militärdienst leisten. Daran würde er
zugrunde gehen, das kann ich Ihnen versichern, und in
diesem Fall könnte ich nicht mehr für meine Taten
garantieren …« Er schwenkte den Holzhammer zwar
nicht mehr, hielt ihn aber so fest in der Hand, dass seine
Venen pochend anschwollen und es aussah, als würde
das Blut auch ohne die Hilfe einer Klinge gleich hervorsprudeln.

»Der gehört ins Irrenhaus, Genossen«, sagte die
Blonde, schon weniger aufgekratzt.

»Lasst meinen Jungen bitte in Ruhe, mehr verlange
ich nicht.« Viktor schien sich beruhigt zu haben. Er
steuerte auf die Tür zu. »Lasst ihn in Ruhe, bitte«, sagte
er ein letztes Mal und ging.

Im Nachhinein erzählten die Mitglieder des Ausschusses, dass »dieser Spinner« beim Verlassen des
Zimmers gleichzeitig über das »b« von »bitte« und einen

aus dem Fußboden ragenden Nagel gestolpert war. Er hatte etwas gebrummt, war hinausgeeilt und hatte die Tür mit einem Tritt hinter sich geschlossen (auch wenn niemand auch nur eine Kopeke darauf verwettet hätte, dass es diesen Tritt wirklich gegeben hatte).

»Und dann haben wir uns angesehen, haben erleichtert geseufzt und gesagt: Ein Wunder, dass wir noch leben…«, erzählte, die Hand auf ihrem üppigen Busen, die schöne Blonde später theatralisch im Korridor.

XXIV.

Die Mütter.
Siebzehn Jahre später

Schoschanna

An diesem Samstag hatte ich frei. Ich flickte gerade
das Loch am Ellbogen von Kiras Hemd, als Viktor Bulatowitsch eintrat, und an seinem schweren Schritt und
dem gesenkten Kopf erkannte ich, dass etwas nicht in
Ordnung war. Ich hielt inne und musterte ihn genauer:
Wie üblich trat er zu seinem Schreibtisch in der nördli-
chen Ecke der Wohnstube, zögerte kurz, ob er den Stuhl
hervorziehen und sich setzen oder ob er stehen bleiben
sollte – bis hierher nichts Ungewöhnliches –, doch dann
zog er mit immer noch gesenktem Kopf sein Notizbuch
aus der Tasche und warf es auf den Tisch, als wäre es
eine Beleidigung, es auch nur eine Minute länger auf
sich zu tragen. Er beugte sich über den Tisch und kratzte mit dem Fingernagel einen Fleck weg, den er neben
dem Federmäppchen entdeckt hatte. Die Nadel in der
Hand und das Hemd auf dem Schoß, beobachtete ich
ihn weiter, sah, wie er sich über einen zweiten Fleck
hermachte, der sich plötzlich neben dem ersten materi-
alisiert haben musste – dabei machte Alina den Schreib-

111

tisch jeden Tag sauber. Ich legte das Hemd beiseite und fragte: »Viktor Bulatowitsch, ist etwas passiert?«

Er sah mich nicht an, fuhr fort, die imaginären Flecken methodisch und entschlossen abzukratzen. Da stand ich auf und wollte zu ihm gehen, aber bevor ich auch nur zwei Schritte gemacht hatte, riss Alina die Haustür auf. Ein Taschentuch gegen den Mund gepresst, bemühte sie sich, meine Anwesenheit zu übersehen. Ohne ein Wort ging sie direkt zum Sofa und ließ sich an ein paar herausragenden Sprungfedern vorbei darauf fallen. Nun war ich ernstlich besorgt. Die Gedanken in meinem Kopf lieferten sich einen Wettstreit um die schlimmste Hypothese, und ich hatte das Gefühl, eine bereits hier oder anderswo, von mir, aber auch von jemand anderem erlebte Situation noch einmal zu erleben, mit derselben Abfolge von Ereignissen, einem ähnlichen Geruch in der Luft und fast demselben leicht schwankenden Kronleuchter aus falschem Kristall. Ich sah Viktor an, dann Alina, dann wieder Viktor, und sagte laut: »Sagt mir sofort, was passiert ist.«

»Igor Fjodorowitsch hatte heute Vormittag einen Unfall, in der Fabrik«, stieß Viktor hervor, eher an den Schreibtisch gewandt. »Ein neuer Gabelstapler, sie haben ihn gerade aus Lemberg bekommen. Etwas ist schiefgelaufen… Man hat auch uns zu Hilfe gerufen. Als wir sie herausholten, war Igor Fjodorowitsch schon tot. Ein Wunder, dass Iljuscha Fomitsch überlebt hat. Er verliert vielleicht ein Bein…«

Ich stürzte in meine Kammer. Meine ärmliche Kammer, mit einem Bett, einem Tisch, einer Nähmaschine und der alten Truhe mit den Kupferbeschlägen. Ich hatte mich langsam an den Gedanken gewöhnt, sie nach all diesen Jahren zu verlassen. Vor einem Monat hatte Igor unseren Direktor um eine Wohnung in einem der neuen, vierstöckigen Häuser gebeten, die gerade unweit der Fabrik gebaut wurden. Der Direktor hatte zugesagt. Kira würde bei uns leben, bis er die Schule abgeschlossen hätte und zum Studium nach Moskau gehen würde. Wir planten ein kleines Fest für die wenigen Verwandten und Freunde. Igor hatte gesagt, in den Einladungen würden wir wieder »Schoschanna« schreiben, meinen richtigen Namen, und nicht »Sjusanna«, wie ich mich seit einigen Jahren nennen ließ, weil ich fürchtete, Schoschanna könnte zu jüdisch klingen.

»Sjusanna?«

Es war Alina, die sich hinter der Tür ihrem Schmerz hingab und wahrscheinlich regen Gebrauch von ihrem Taschentuch machte. Auch ihr hatte mein Igor sehr gefallen, da er sie an einen Onkel erinnerte, einen mehrfach dekorierten Kosaken alter Schule, der gegen die Japaner gekämpft hatte.

»Komm herein, Alina«, sagte ich.

Lautlos setzte sie sich neben mich auf die Bettkante. Sie sah sich mit untröstlicher Miene um und legte mir ihre dralle Hand auf die Schulter. Aus der Wohnstube hörten wir die Schritte von Viktor Bulatowitsch, der auf und ab ging – der Klang wurde schwächer, wenn er den Teppich betrat, und wieder lauter, wenn er die Füße auf die Holzdielen setzte. Durch den Türspalt hatte ich gesehen, dass er einen Augenblick stehen geblieben war und mit leicht vorgestrecktem Hals herauszufinden versuchte, wie es mir ging und was ich in meinem Refugium trieb. Sobald Alina die Tür hinter sich geschlossen hatte, war er wieder losmarschiert.

»Ich weiß nicht, was ich sagen soll«, sagte sie.

»Es geht vorüber, auch das geht vorüber. Leider.«

»Warum leider?«

»Um eines möchte ich dich bitten«, ich sah ihr in die Augen und streichelte ihre Hand auf meiner Schulter, »nenn mich von jetzt an bei meinem alten Namen, einverstanden?«

»Einverstanden.«

»Immer.«

»Immer. Schoschanna.«

Sie drückte mich an sich, ich schmiegte den Kopf an ihren großen Busen, und es war, als hätten die Tränen nur auf diesen Moment gewartet, um endlich loszuschießen, sich zwischen den dunklen Augenringen einen Weg zu bahnen, sich durch die eingefallenen Wangen zu graben und in der rosigen Kuhle, wo Hals und Schultern zusammentrafen, innezuhalten. Die Welt und mein Leben, die ganze Vergangenheit und Gegenwart schrumpften in diesen wenigen Minuten auf die Größe dieser Kammer, die vor Schmerz pulsierte wie ein sterbender Hirsch zwischen den Bäumen, und die Abenddämmerung schien kein Ende nehmen zu wollen, war drauf und dran, sich in eine helle bernsteinfarbene Flüssigkeit zu verwandeln. Durch irgendeine Spalte, aus irgendeinem Leben, schwer zu sagen, ob einem schon gelebten oder einem noch zu lebenden, drang unerwartet Jasminduft herein. Alles war schwierig, außer sich nicht zu rühren und darauf zu warten, dass es vorbeiging.

Alina

Mein Ehemann ist nicht der beste aller Ehemänner, aber auch nicht der schlechteste. Er war schon immer ein wenig geheimnisvoll, mit seinem Notizbuch, das er seit Urzeiten mit sich trägt – vielleicht besaß er es schon damals auf jener Brücke, als wir uns kennengelernt haben. Ich betrachtete es immer als das Einzige, was unserem familiären Glück im Weg stand, dieses verfluchte Notizbuch. Nicht andere Frauen machten mir Sorgen, sondern allein diese unheimlichen blauen Seiten mit ihrer absurden handgemachten Fadenheftung und der schwarze, nach Ziege riechende Ledereinband. Einmal habe ich mich revanchiert: Ich war im letzten Schwangerschaftsmonat, als ich es einladend auf seinem Schreibtisch liegen sah und aufschlug, aber ich fand nichts als ein paar Kritzeleien. Da riss ich eine der noch blanken Seiten heraus und beschloss, sie für den »Geburtswunsch« zu verwenden. In meiner Heimat gibt es diesen Brauch, dass eine Frau im schmerzhaftesten Moment der Geburt Ihn, der die Fäden unseres Schicksals in der Hand hält – wer oder was auch immer damit gemeint ist –, um etwas für ihr Kind bitten, einen Wunsch äußern darf. Ich beschloss, den Wunsch aufzuschreiben, um ihn ganz sicher nicht zu vergessen. Als er dann den Fetzen erblickte, packte ihn die Wut. Beinahe hätte er mich auf die Straße gestellt, zusammen mit dem Kleinen, der in blutverschmierten Lumpen eingewickelt war und nicht aufhörte zu schreien. Ich sah ihn hasserfüllt an und sagte: »Du bist ein Mörder, ein verfluchter Mörder! Du wirst sehen, dass man Dimitri Gawrilowitsch zum Tod verurteilt, und zwar wegen dir, wegen deiner Aussage. Dich interessiert ja nur dieses verfluchte Notizbuch. Ich hoffe bloß, dass mein Sohn nicht so wird, wie du. Ich habe dafür gebetet.«

Ich erwartete einen noch größeren Wutausbruch, aber er stand aufgerichtet wie eine Fahnenstange am

Fußende des Bettes, hörte mir bis zur letzten Silbe stumm zu und warf sich dann, wie durch ein Wunder beruhigt, bäuchlings auf das Bett, neben mich und das Kind. Gähnte und entledigte sich mithilfe der Füße seiner Stiefel. Dann warf er mir, die stoppelige Wange ins Kissen gepresst, einen müden Blick zu und sagte: »Du willst wohl, dass er ein kosakischer Ochsentreiber wird, mit einem Schwanz, der funkelt wie ein Krummsäbel?«

Dabei war er nur drei Monate zuvor eigens nach Moskau gereist, um mir ein wenig Schokolade zu besorgen. Ich war schon allein auf den Duft ganz wild. Anscheinend war er in der ganzen Stadt herumgefahren, ohne welche auftreiben zu können. Es hieß, in den herrschenden Zeiten sei der Feinkostladen im Gebäude des Zentralkomitees, zu dem nur Angestellte und wichtige Personen Zutritt hatten, die einzige Möglichkeit. So beschloss er, einen Kommilitonen aus dem Polytechnikum zu behelligen, der inzwischen ein hohes Tier beim Volkskommissariat für innere Angelegenheiten war. Er wartete über eine Stunde vor seinem Haus, bis der Kommilitone aus einem auf Hochglanz polierten Wagen ausstieg und sich nonchalant vom Fahrer verabschiedete. Viktor stellte sich ihm in den Weg, und es kam zu folgendem Gespräch, das in die Geschichte der Familie Almasow-Florensow eingehen sollte:

»Pawel Arsenjewitsch, du musst mir helfen.«

»Oh, Viktor Bulatowitsch. Ewig ist es her…«

»Ja, in der Tat schon ziemlich lange. Ich bin gekommen, um dich um einen kleinen Gefallen zu bitten.«

»Falls es etwas Ernsthaftes ist, musst du wissen, dass ich nur eine Spielfigur bin, eine bescheidene Spielfigur.«

»Du und eine bescheidene Spielfigur? Ach, hör auf...«, sagte mein Mann, dieser gewissenlose Mensch, und brach in Gelächter aus, während sein Ex-Kommilitone sich vorsichtig umsah und ihn am Ellbogen in einen weniger beleuchteten, geschützteren Winkel zog.

»Hör mal, Genosse Almasow, vielleicht habe ich mich nicht klar genug ausgedrückt...«

»Ich möchte dich um etwas Schokolade bitten. Für meine Frau, sie ist schwanger.«

Nun wirkte der andere noch besorgter, er sah sich erneut um und sagte: »Drück dich klar aus, Almasow. Ich habe es eilig. Wofür steht *Schokolade?*«

»Wofür sie steht?«

Der Ex-Kommilitone trat näher an ihn heran und flüsterte ihm mit zusammengebissenen Zähnen zu: »Welchen üblen Streich brütest du wieder aus, Almasow? Wir haben ganze Aktenbündel voller Berichte über deine Streiche... Ohne mich wärst du...«

Mein Mann schaute ihn beinahe amüsiert an und versuchte, sich deutlicher auszudrücken: »Weißt du, Pawel, vielleicht irre ich mich, aber nach meinem Dafürhalten steht Schokolade für diese braune Sache, die aussieht wie kaukasische Hundekacke, aber nach Gelée Royale in georgischem schwarzem Wein schmeckt...«

»Ich kenne mich in kulinarischen Dingen nicht aus. Komm zur Sache, Almasow...«

»Ich weiß, dass du Zutritt zu einem Laden hast, in dem man seltene Waren findet.«

»Nehmen wir einmal an, dem sei so.«

»Ich möchte, dass du mir ein wenig Schokolade kaufst. Für meine Frau...«

Der andere stieß einen Seufzer der Erleichterung aus.

»Das hättest du mir auch gleich sagen können.«

Sie verabredeten sich für den nächsten Tag, gleicher Ort und gleiche Zeit. Er brachte ihm zwei in rotes Glanzpapier verpackte Tafeln Schokolade, drückte sie ihm in die Hand wie einen Stab in einem aussichtslosen Staffelrennen und schüttelte den Kopf, als Viktor ihm Geld in die Jackentasche schieben wollte. Dann verabschiedete er sich hastig und steuerte, ohne sich nochmals umzudrehen, direkt auf den breiten, beleuchteten Eingang des Bürgerhauses aus dem 19. Jahrhundert zu, in das er mit seiner Familie unlängst eingezogen war.

Wenn wir von dieser Geschichte reden, sage ich immer: »Er hatte ja auch recht, dein Pawel Arsenjewitsch, du hättest dich gleich klarer ausdrücken können, oder etwa nicht?« Und er gibt mir aus irgendeinem Grund immer die gleiche Antwort: »Allein der Klang der Glocke des verrückten Wolodja wäre mir an Klarheit ebenbürtig gewesen. Aber für stumpfsinnige Leute wie Pawel und dich ist anscheinend nichts auf der Welt klar genug, um bis in euer Gehirn vorzudringen.«

So sonderbar ist mein Viktor, der sich schon immer als Protagonist im Epos des Lebens betrachtet hat. Dabei hat meine Mutter immer gesagt, ich solle aufpassen und keinen Fuß in ein Haus setzen, in dem es nach Mythologie rieche: »Tausendmal besser ein Mann, der sich um acht schlafen legt, als einer, der mitten in der Nacht auf Gespensterjagd geht.« Mein Mann legt sich zwar um acht schlafen, aber statt morgens aufzustehen, wie Gott es befiehlt, wacht er mitten in der Nacht auf und macht sich auf die Jagd nach weiß Gott was, vielleicht einem Gespenst, vielleicht einer Frau aus Fleisch und Blut (die alte Praskowja meinte gestern zu mir, im Dorf munkle man von einer gewissen Olessia, die hinter dem Ryschi Rog lebe und angeblich seine Geliebte sei).

Schade, dass meine Mutter mir nie etwas über Männer erzählt hat, die so gespalten sind. Auf eine solche Vieldeutigkeit hat mich niemand vorbereitet. Er hat eine andere Frau? Schön für ihn, das bedeutet, dass er einer von uns ist, dass er noch mit beiden Füßen auf der Erde steht.

Ich für meinen Teil fühle in einem dunklen Winkel meiner Weiblichkeit seit einiger Zeit, dass da etwas kopfüber hängt wie eine schlafende Fledermaus, etwas, das nur noch auf einen kleinen Schubs wartet, um aufzuwachen und das wenige, was von meinem Dasein noch übrig ist, wegzuschaffen. Meine Mutter pflegte mit einem gewissen Fatalismus zu sagen: »Wenn eine Frau in ihrem Körper etwas Fremdes spürt, gibt es zwei Möglichkeiten – entweder steckt ein Mann darin oder ein Leiden dahinter.« Da ich mich nicht mehr erinnere, wann das letzte Mal ein Mann im Spiel war, muss ich wohl von einem Leiden ausgehen, aber das kümmert mich längst nicht mehr, mir fehlen die Kräfte, es aufzuspüren. Zudem war ich in unserer Kosakensiedlung das einzige Kind, das sich in der Osternacht nicht vor den Fledermäusen in den dunklen Winkeln der Nikolauskirche fürchtete, die ein alter ehemaliger Priester, gegen das immer rostiger werdende Vorhängeschloss ankämpfend, zweimal jährlich aufschloss. Ich trat in den dunklen, stillen, modrig riechenden Raum, zündete drei Wachskerzen an, und plötzlich war alles in ein schummriges, malvenfarbiges Licht getaucht: Ein bärtiger heiliger Nikolaus vor gemasertem Hintergrund sah mich an, eine Handbreit vor meinen Augen flatterten Fledermäuse vorbei, doch ich bewegte mich nicht, wartete darauf, dass das Bild mir etwas sagen würde. Es sagte mir nie etwas, und ich ging wieder weg.

XXV.

Der botanische Garten

Bei einem seiner ersten Besuche in der Hauptstadt, etwa zwei Monate nach unserer Immatrikulation an der Universität, erzählte er uns von der ganzen Angelegenheit. Ich hatte mich für Geschichte entschieden, Kira für Philologie (er jedoch an der pädagogischen Hochschule). Während einer Vorlesung von Juri Knorosow über die präkolumbianischen Zivilisationen trat ein Kommilitone ein und flüsterte mir im Vorbeigehen ins Ohr, draußen warte mein Vater auf mich. Ich hob die Hand und fragte, ob ich rausgehen dürfe. Unter dichten Augenbrauen hervor warf der Professor mir einen gleichgültigen Blick zu und deutete ein »Geh, wohin du willst« an. Später habe ich es dann bereut, dass ich an jenem Tag Knorosows Fazit seiner Ausführungen verpasst und im darauffolgenden Jahr die Universität für immer verlassen habe.

Ich sah ihn über die dreieckigen Fliesen des Korridors auf und ab gehen, er trug unter dem Mantel ein Jackett und anstelle von Stiefeln Lederschuhe, als wäre dieser Aufzug normal, als wäre sein Getrabe unter den hohen Fenstern das natürlichste Verhalten in diesem Gebäude. Beim Näherkommen sagte ich: »Hättest du nicht ein wenig warten können? Der Professor hat gerade von der Schrift der Maya gesprochen…«

»Jahrtausende haben sie gewartet, die Maya«, er blieb stehen und klopfte mir auf die Schulter, »und ich wette, dass sie noch etwas länger warten können. Außerdem betrifft das Warten ja nicht dich und den Professor…«

»Sag schon, wozu bist du hergekommen, Papa?«

»Nun, im Gegensatz zu den Maya konnte ich nicht warten«, sagte er mit einer leicht tragischen Note, die nicht zu ihm passte.

Kira saß auf einer Parkbank, unter der Büste Lomonossows, die Hände entspannt auf den kleinen Bücherstapel gelegt, den er auf seinen geschlossenen Knien hielt. Als er uns kommen sah, stand er sofort auf, klemmte die Bücher mit zum spitzen Winkel gebogenem Arm an die Brust und trat uns, wie es nur selten geschah, lächelnd entgegen. Auch ihn hatte Papa aus der Vorlesung geholt, aber so heiter und zufrieden wie er mit seinen leicht vorstehenden Zähnen aussah, hatte er wohl in einer Stunde der langweiligen und dummen Dozentin für Sprachwissenschaft Muchina gesessen. Ich hätte ihn sehen wollen, wenn es während einer Vorlesung seines Lieblingsprofessors Lossew passiert wäre!

Ab und zu bedachte uns die schwache Herbstsonne gnädig mit ein paar kühlen Strahlen, und wenn diese auf die breite, bronzene Stirn Lomonossows trafen, war es, als würde eine Niedervoltlampe eingeschaltet.

»Auf geht's, Jungen, auf direktem Weg in den botanischen Garten. Das heißt, zuerst essen wir etwas.«

Die tragische Note war aus seiner Stimme verschwunden. Ein Sonnenstrahl zur rechten Zeit offen-

barte in seinem Schnurrbart und vor allem dem Drei-
tagebart ein paar vereinzelte rötliche Härchen. Auch
das passte nicht zu ihm.

»Warum ausgerechnet der botanische Garten?«,
fragte Kira.

»Weil er im Herbst eine Pracht ist. Erst recht bei sol-
chem Wetter …«, antwortete Viktor schwärmerisch.
»Aber zuerst essen wir etwas.«

So bestellten wir in einem Lokal gleich neben der
Universität Piroggen mit Kartoffelfüllung und tranken
je ein Glas Limonade. Im Stehen, die Ellbogen auf den
schmierigen Tresen gepflanzt, erzählte uns Papa, dass
es Tante Schoschanna besser gehe und sie wieder arbeite, und dass Mama überlege, sich im neuen Krankenhaus von Miroslaw um eine Stelle als Krankenschwester zu bewerben.

»Aber Mama hat doch gar nie Krankenschwester gelernt?«, sagte ich, ernsthaft erstaunt.

»Wahrscheinlich«, sagte mein Vater und unterdrück-
te einen Rülpser, »glaubt sie, dass sie mit ihrem um-
fangreichen Wissen über kosakische Hexen und Zaube-
rer durchkommen wird.« Er brach in derbes, herzhaftes
Gelächter aus.

Wir lachten alle drei. Ein Mann in Jackett und Kra-
watte und eine Dame mit Seidenschal – mutmaßliche
Perlen der Moskauer Universitätsintelligenzia – warfen
uns entsetzte Blicke zu. Viktor zahlte, und wir schaff-
ten es gerade noch auf die losfahrende Straßenbahn.

Während der ganzen Fahrt und danach auf dem
Kiesweg zum botanischen Garten redete Viktor von
den »Moskauer Abenteuern zweier Einfaltspinsel aus
Miroslaw«. Er erzählte, Onkel Dima und er hätten sich,
damals ungefähr in unserem Alter, jeden Freitagnach-

mittag am See verabredet, der jetzt zur Anlage des botanischen Gartens gehörte, und seien auf den sumpfigen Pfaden herumspaziert, bis sie müde waren und sich vor Scheremetjews Villa auf eine Bank setzten, um auf den Sonnenuntergang zu warten. Danach verjagte der Aufseher sie mit dem Besen.

Kira hörte aufmerksam zu, rückte ab und zu die Brille zurecht und verschob danach jedes Mal die Bücher von der einen in die andere Armbeuge. Auf seiner Nase waren ein paar Sommersprossen mehr aufgetaucht, und die blonden Härchen am Kinn wirkten noch schütterer. Die uns entgegenkommenden Pappeln waren wie mit Honig übergossen, unter unseren Füßen raschelte das Laub. Während mein Vater redete, betrachtete ich ihn eingehend: Er hatte immer noch einen schönen dunklen, sehr krausen Haarschopf bis vor die Stirn, auf der vor einiger Zeit zwei tiefe, parallele Falten aufgetaucht waren. Etwas weiter unten erkannte ich in der Nase die unangefochtene Protagonistin der ganzen Szenerie und sah auf seinem Schnurrbart ein sympathisches, winziges grünes Insekt. Er bemerkte es ebenfalls und verjagte es mit einem leichten Grunzen. Unterdessen erzählte er weiter: »Die Eltern von Dimitri Gawrilowitsch, deine Großeltern, Kira, waren sehr fleißig. Sie wohnten in einem Haus gleich hinter einem kleinen Bahnhof vor den Toren Moskaus. Dimitri hielt sich nicht gern dort auf, deswegen war er meist bei mir in dem Zimmer, das ich mit meinem Onkel Aljoscha teilte, dem Hauptmann, der gegen Wrangel gekämpft und mir diesen Mantel geschenkt hat.« Wir besahen den Mantel meines Vaters, als käme er direkt aus einer Schneiderei und als gälte es, seinen Wert zu bestimmen.

»Der berühmte Onkel Aljoscha!«, rief ich und kickte
lustlos einen Stein weg. »Der zu dir gesagt hat: ›Wenn
du diesen verdammten Sprachknoten nicht lösen
kannst und weiterhin stotterst wie ein Dorftrottel,
wirst du, Viktor Bulatowitsch, nie Karriere beim Mili-
tär machen und dich mit irgendeinem Frauenberuf zu-
friedengeben müssen.‹« Ich kannte ihn auswendig, den
legendären Satz von Onkel Aljoscha, der nie geheiratet
hatte und in jenem feuchten, spartanischen Zimmer
einsam und verlassen an den Komplikationen von Trip-
per gestorben war.

Wir wurden vom langen Gehen allmählich müde,
und ich schlug vor, eine Pause einzulegen. Wir entschieden uns für einen Laubhaufen unter einer Silber-
weide. Als Erster setzte er sich hin und streckte umständlich die Beine aus. Dann ich. Kira zögerte, ob er
auf den Büchern Platz nehmen sollte, überlegte es sich
anders und ließ sich umständlich zwischen uns nieder.
Vor uns sahen wir ein Stück See, er erinnerte an die
Oberfläche eines riesigen, halb geöffneten grünen
Auges in der Erdkruste. Still verfolgten sich zwei
Schwäne, ihre Umrisse waren wie blasse, zitternde
Lichtreflexe im großen Auge.

Als ob Viktor jetzt, da er saß, der Boden abhanden
gekommen wäre, der seine Laune gestützt hatte,
schwang in seiner Stimme wieder die tragische Note
von vorher mit. »Ich bin mit euch nicht dazu hergekommen, um über Onkel Aljoscha zu reden – seine Seele
ruhe in Frieden –, es geht um etwas anderes«, sagte er,
den Blick nachdenklich auf den See gerichtet. »Ich hatte das Bedürfnis, mich jemandem anzuvertrauen, habe
aber festgestellt, dass mir kein einziger Freund geblieben ist, mit dem ich ein paar Worte wechseln könnte.

Ich habe nur euch. Und jetzt habe ich auch *sie*. Nun ja, ich wollte euch von meiner Olessia erzählen.«

Meine Olessia. Mich traf fast der Schlag. Kiras linkes Ohr, das Viktor zugewandte, schien plötzlich zu einem lebendigen Wesen geworden zu sein und sich wie magnetisch angezogen auf den Mund meines Vater zuzubewegen. Ich beherrschte mich während der ganzen Zeit, die er brauchte, um diese Geschichte zu erzählen, und er erzählte sie so, wie man Kindern ein Märchen erzählt, wenn man eigentlich weniger an den Inhalt glaubt als an den besonderen Umstand, sich genau an diesem Ort zu befinden und genau diese Geschichte mit diesen verträumten Figuren zu erzählen. Es war nicht seine Art. Überhaupt nicht.

XXVI.

Brief Nr. 3

Lieber Kirill,

Deiner Mutter Schoschanna geht es gut, abgesehen von etwas Rheumatismus und einem kleinen Problem mit den Augen, nichts Schlimmes, aber in etwa einem Monat begleite ich sie trotzdem nach Moskau. Ich habe viel Gutes gehört über einen gewissen Augenarzt namens Iwanow und will sie von ihm untersuchen lassen.

Erinnerst Du Dich an diese Redensart irgendeines Volkes: Die Frau ist kein Fisch, auch wenn es manchmal so scheint? Du weißt, was ich meine. Der Graf soll doch immer gescherzt haben, seine Frau habe das Benehmen einer Gräfin und das Gehirn eines Fisches. Manchmal war Dein Vater ganz unpoetisch. Es tut mir leid, dem Grafen widersprechen zu müssen, aber Deine Mutter Schoschanna ist alles andere als ein Fisch.

Gestern Nachmittag habe ich sie wie jeden Tag besucht. Sie lag in der Hängematte, die sie jeweils am ersten Augustsonntag aus der alten Sitztruhe fischt und, manchmal mit meiner Hilfe, hinter dem Haus zwischen den beiden Birnbäumen neben dem kleinen Küchengarten aufhängt. So habe ich sie gestern also angetroffen. Das rechte Bein ragte leicht über das Netz hinaus, und mit der Fußspitze berührte sie, im Dreieck mit zwei kakifarbenen Pantoffeln, fast die festgetretene Erde. Sie hielt Deinen Brief in der Hand und war wohl gerade dabei, ihn zum x-ten Mal zu lesen.

»Unser Kira schreibt, dass sein Buch bald erscheint«, verkündete sie mit ungewöhnlich matter, flacher Stimme und legte die Brille ab.

»Ja, ich weiß, und er schickt uns so bald wie möglich ein Exemplar, beziehungsweise zwei. Freust du dich nicht, Tante Schoschanna?«, fragte ich, küsste sie auf die Schläfe und stellte den Stuhl, den ich aus der Küche genommen hatte, neben die Hängematte.

»Was soll ich sagen? Jedenfalls ist es das, was sich sein Vater Dima so sehr gewünscht hatte. Kennst du eigentlich die Geschichte, wie er mich damals beschimpft hat: ›Von wegen Abtreibung! Und wenn er als Dichter geboren wird?‹«

»Diese Geschichte kennt sozusagen ganz Miroslaw…«

Sie fuhr fort, als hätte sie mich nicht gehört, und machte dazu zarte Gesten:

»Und ich habe daraufhin gefragt: ›Wie sollen wir ihn denn großziehen, Dima?‹«

»Und er hat geantwortet: ›Wie wurde der arme Gorki großgezogen?‹«

»Ach ja, du kennst das alles schon«, seufzte sie dann. »Soll ich den Samowar heizen?« Ohne eine Antwort abzuwarten, versuchte sie aus der Hängematte zu steigen. Die Bewegung geriet unbeholfen, das Netz schlackerte, der Pantoffel dachte nicht daran, ihren Fuß aufzunehmen, hüpfte immer weiter weg, bis ich aufstand, ihn nahm und ihr half, ihn anzuziehen. Sie stützte sich mit der Hand auf meinen Arm und wedelte mit dem Brief. Zusammen legten wir die paar Schritte bis zur Küche zu-

rück, wo sie die meiste Zeit verbringt und wo die be-
rühmte Vitrine mit all dem Nippes steht. Nur ein Abteil
enthält nichts Überflüssiges: Dort sind Deine Briefe.
Sorgfältig übereinandergelegt wie Fischschuppen liegen
sie nach Jahr, Monat und Tag geordnet da.

Sie öffnete die Vitrine mit einem kleinen Schlüssel
(den sie immer um den Hals trägt, neben dem Kruzifix,
das ihr meine Mutter geschenkt hat) und verstaute dort
den neu Dazugekommenen, dann schloss sie wieder ab,
putzte mit dem Zeigefinger einen unsichtbaren Fleck an
der Scheibe weg und steuerte entschlossen auf den Samo-
war zu. Auf halbem Weg, zwischen mir – ich stand immer
noch in der Tür zum Garten – und dem Samowar, der
von der Tischmitte aus schwache, silberne Lichtreflexe
aussandte, blieb sie plötzlich stehen und drehte sich rat-
los zu mir um: »Warum werde ich trotz dieser Briefe«, sie
deutete mit zittrigem Zeigefinger auf die Vitrine, »das
Gefühl nicht los, dass Kirill nicht mehr auf dieser Welt
ist?«

Dein Sascha

Erster Kommentar zu Brief Nr. 3 (abstrakt)

Wenn es darum geht, Fragen zu stellen und um Erklä-
rungen zu bitten, bin ich ein religiöser Mensch, in Bezug auf die Antworten bin ich hingegen atheistisch. Ich
erwarte ohne Furcht Entgegnungen, die meine stürmi-
schen Zweifel dazu überzeugen könnten, heimzukeh-
ren, es sich in der sicheren Wärme des Glaubens be-
quem zu machen, doch es kommen keine treffenden
Antworten und ich bleibe auf eine traurige Weise skep-
tisch. Ich streife um das Haus herum wie ein verlasse-

ner Hund, trübsinnig, aber nicht ängstlich, entferne mich nie allzu weit und belle ab und zu, um egal wen in diesem Haus wissen zu lassen, dass ich existiere, dass ein kleines Zeichen schon genügt, damit ich hineineile.

Zweiter Kommentar zu Brief Nr. 3 (konkret)

Über das, was ich nun erzählen werde, hätte Nabokov einen genialen humoristischen Roman geschrieben, wahrscheinlich mit dem Titel *Handbuch der nicht ausschließlich russischen Dummheit.* Dann hätten ihm seine Frau oder der Verleger oder beide zusammen gesagt, der Titel sei zu lang und zu anmaßend, worauf er ihn in *Erschöpfung* oder etwas Ähnliches abgeändert hätte.

Was ich erzählen will, ist eine in jeder Hinsicht russische Geschichte, und russische Geschichten sind, von wenigen Ausnahmen abgesehen, keine Sonntagsspaziergänge durch die ruhigen Alleen eines Zarskoje Selo, vielmehr handelt es sich meistens um ungemütliche Streifzüge durch übel riechende Gassen einer Stadt wie Tambow oder Odessa, mit hier und da eingestreuten Leichen auf oder unter Brücken, in oder unter Zügen. Ich habe zwar nicht den Eindruck, bis hierhin mit Todesfällen geknausert zu haben, aber vom wichtigsten und schmerzlichsten Todesfall hätte ich längst erzählen müssen. Meine Hoffnung war, es wäre möglich, die Vorsilbe »er« von *Erschöpfung* wegzulassen und mit der übrig bleibenden *Schöpfung* andere Handlungsstränge zu spinnen und mit ihnen kleine, fragile Menschenknochen einzukleiden, um sie wie kleine Lazarusse herumlaufen zu lassen und so die klassische russische Geschichte von Untergang und Auferstehung neu zu erfinden. Aber ich entdeckte bald, dass diese Geschichte, ob sie nun russisch ist oder nicht, aus trügerischen Handlungssträngen besteht, die immerzu gesponnen und wieder aufgelöst, gesponnen und wieder aufgelöst werden, und dass sie sich seit Jahrtausenden kläglich hinzieht und vielleicht nie zu einem Ende kommen wird. Und auch wenn Freund Nabokov mir nicht gleich beipflichten würde (privat, über ein Schachbrett gebeugt, aber schon), ist der Tod, wie das Leben auch, wohl doch mehr als nur eine Frage des Stils.

Um es auszusprechen, braucht es außerdem einen männlichen, ausdrucksstarken Ton, und damit habe ich, entgegen allem Anschein, noch nie dienen können. Ich werde es jetzt aussprechen: Kira, mein Kira, hat nie einen Fuß nach Sibirien gesetzt, er wird kein Buch veröffentlichen und hat seiner Mutter auch keinen einzigen Brief geschickt.

Kira ist an einem grauen Junitag im Jahr 1955 im Alter von neunzehn Jahren gestorben. Und doch bin ich immer noch überzeugt, dass das damals nicht sein Tod gewesen sein kann.

XXVII

Die Waldfrau Olessia

(russisches Märchen, seinen Kindern während eines
Spaziergangs durch den botanischen Garten zu erzählen)

Es war einmal ein Mann, der ein wenig griesgrämig
war, aber goldene Hände hatte. Er hieß Viktor und war
nie zufrieden. Weder mit seinem Namen, noch mit dem
Haus, das er bewohnte, noch mit dem Dorf, das sein
Haus zusammen mit den anderen Häusern bildete.
Aber er war ein so geschickter Zeichner, dass es, wenn
er sich beispielsweise ein Blatt von einem Baum vor-
nahm, keine fünf Minuten dauerte, bis er ein absolut
identisches gezeichnet hatte – wenn man die Linien
zählte, waren es gleich viele wie auf dem echten, und
auch die Verzweigungen, die kleinen Besonderheiten
entsprachen genau dem Original. Viktor war fähig, den
ganzen Baum so abzubilden. Nehmen wir an, da wäre
einer mit zehntausend Blättern: Um einen fast gleichen
zu zeichnen, hätte er bloß etwa neunundsechzig Tage
gebraucht – natürlich nur, wenn er sich ausschließlich
damit beschäftigt hätte, und ohne den Stamm, die Äste,
den Kuckuck, das Eichhörnchen, die Ameisen oder
sonstige Bewohner zu berücksichtigen.

Es muss jedoch erwähnt werden, dass sich Viktor weniger für die bereits existierenden Dinge interessierte als vielmehr für solche, die es noch nicht gab. Vor allem Brücken brachten ihn nachts um den Schlaf. Wenn er aufwachte, hatte er noch die Umrisse imaginärer Bögen oder Geländer vor Augen, aus kleinen Leuchtpunkten zusammengesetzt, wie man sie sieht, wenn man sich irgendwo den Kopf stößt.

Nie trennte sich Viktor von einem besonderen Notizbuch, das ihm einst eine elegante Dame geschenkt hatte, die in einer Stadt am Meer lebte. Er war damals sechs gewesen und hatte sie zusammen mit seinem Vater aufgesucht, um den kleinen Pekinesen der Dame zu behandeln. Das Haus mit den Säulen, der schöne Garten mit dem Pavillon und einer Seejungfrau als Brunnenfigur fanden Eingang in sein Gedächtnis und richteten sich dort dauerhaft ein. Die elegante Hausherrin hatte sich bei seinem Vater bedankt und ihm das Notizbuch übergeben. Sie wurden mit ihrer Kalesche nach Hause gefahren, an den Ledersitzen haftete noch der Geruch ihres Parfums. Die ganze Zeit über hielt Viktor das Buch fest in der Hand, und durch das Gebimmel und Räderquietschen hindurch sagte sein Vater: »Du kannst darin deine Träume zeichnen.« Und das tat er auch.

Im Laufe der Zeit füllte er es mit Zeichnungen von Brücken und allen möglichen Bauten. Nur einen einzigen Entwurf hatte er verwirklichen können: eine kleine Steinbrücke über einen Bach, vor allem für das Vieh. Die Jahre gingen dahin, und einmal stellte Viktor vor einem Gremium, das in Dorfangelegenheiten das letzte Wort hatte, ein Projekt mit großen Röhren vor, die das Abwasser aller Häuser sammeln und zum Bach transportieren sollten, statt es nur wenige Meter von dort, wo die Dorfbewohner aßen und schliefen, versickern zu lassen. Das Gremium beschied ihm, ein anderes, größeres Gremium müsse zusammenkommen, das die Meinung eines noch einmal anderen, noch größeren Gremiums einholen würde, das seinerseits dann ... Mehr wollte Viktor nicht hören, er rollte seinen Plan zusammen und ging nach Hause.

Eines Tages entdeckte er nicht allzu weit von seinem Dorf entfernt einen kleinen Buckel. Er war kahl, aber hübsch. Da kam ihm eine Idee: Er hatte niemanden nötig, er verfügte über mehr Kraft und Willen als alle Männer seines Dorfs und der benachbarten Dörfer zusammen – er allein wäre das Dorf, ungestört würde er darauf eine kleine Ortschaft errichten, etwa zwanzig Häuser genügten, mehr brauchte es nicht. Und danach, wenn das Gremium sähe, wie gut alles auf jenem Buckel funktionierte, würde es ihm erlauben, eine Anlage in einem größeren Maßstab zu bauen. Nachdem er viele Stunden vor Ort verbracht hatte, um das Gelände zu sondieren, die Höhe über Meer und die Ausrichtung zur Sonne zu ermitteln, skizzierte er das Projekt in sein Notizbuch und wartete nur noch auf den Spatenstich, den er für einen bestimmten Tag vorgesehen hatte. Viktor empfand sich als nützlich und zeitweise auch glücklich, aber es gab Momente, in denen er das Gefühl hatte, alles sei bloß ein hässlicher Traum, er sei in einen Abgrund gestürzt und wisse es einfach noch nicht. In solchen Momenten war er traurig und antriebslos, sogar das Atmen bereitete ihm Mühe.

So fühlte er sich auch an diesem Tag. Er stand auf dem Buckel, sah in den reglosen Himmel und wusste, dass alles immer gleich bleiben würde, selbst wenn tausend Jahre vergingen. Dieses Wissen missfiel ihm, aber über ein anderes verfügte er nicht. Lustlos trat er an den Rand des Steilhangs und blickte nach vorn zum Horizont. Er hatte ihn sicher schon hundertmal betrachtet, aber an diesem Tag bemerkte er etwas Ungewöhnliches, als hätte jemand, während er sich kurz weggedreht oder geblinzelt hatte, Dinge verschoben, ohne jedoch etwas an den Distanzen oder Proportionen zu verändern. Viktor musste in Erfahrung bringen, was es war, was da an einem nicht genau zu lokalisierenden Punkt am Horizont entstand, von dort aus die Luft und die Bäume und den Verbrennungsmotor und die Schwerkraft und die Erhabenheit der Zahlen und die Summe der Erfahrungen durchquerte und in etwas Unbestimmtem aufging, den durchsichtigen Tentakeln einer Qualle ähnlich. Dabei war Viktor noch nie jemand gewesen, der den Dingen geheime Bedeutungen aufdrängte, er wartete ab, ob sie zu ihm sprachen, und wenn sie es nicht taten, ging er weiter, da es bedeutete, dass sie ihm nichts zu sagen hatten.

Diesmal hatte der Horizont ihm etwas zu sagen. Er erkannte deutlich eine grasbewachsene Anhöhe, hinter der ein Wäldchen aus hohen, blühenden Bäumen loderte. Unter der ultramarinblauen Himmelsglocke war klar ein Pfad zu sehen, der bei der Anhöhe begann und sich in das grüne Leuchten hineinschlängelte, und eine unsichtbare Hand schien auf all das hinzuweisen, hatte sozusagen einen Zipfel der Atmosphäre angehoben und ließ in der Landschaft etwas Interessantes aufblitzen, wie die Beine einer Cancan-Tänzerin. Zu diesem Zeitpunkt glaubte Viktor, vollends in ein Delirium geraten zu sein, und hatte eine Sekunde lang das Gefühl, es sei noch Krieg (Krieg wird von Männern angezettelt, bei denen die Traurigkeit überhandnimmt, und er, Viktor, hatte Krieg geführt), aber dann erkannte er allmählich die alten, vertrauten Birken wieder und begriff auch, dass dieses seltene Himmelsphänomen eine banale atmosphärische Ursache gehabt haben musste. Viktor erfasste das alles intuitiv, beschloss aber trotzdem, sich noch vor Sonnenuntergang über diesen Pfad in jene warme, weiß-grüne Blase hineinzubegeben.

Nach zwei Stunden Fußmarsch brannten ihm in den schweren Lederstiefeln allmählich die Zehen. Von Schmerzen geplagt, begann er zu zweifeln, ob er überhaupt auf dem richtigen Weg war, jenem, den er vom Steilhang aus gesehen hatte. Von oben hatte er – wie er sich schweren Herzens eingestehen musste – weitaus einladender gewirkt, jetzt war es ein gewöhnlicher, holperiger und staubiger Weg. Die Füße brannten immer noch. Viktor fragte sich, wozu er eigentlich hergekommen war. »Wonach suche ich? Bald wird es dunkel, und ich weiß nicht einmal, wo und wie ich die Nacht verbringen soll.« Unterdessen schritt er mühevoll voran und studierte schon einmal an einem Unterschlupf aus Zweigen herum.

Nach weiteren zwanzig Schritten hörte er die trockenen Schläge einer Axt. Seine Zehen fühlten sich an, als könnten sie jeden Moment aufflammen wie ein Streichholz. Er humpelte ein Stück in Richtung schlagender Axt und erkannte durch das Geäst einer Birkengruppe eine hölzerne Hauswand mit Dachrinne und einem Fenster. Dann nahm er auch eine Bewegung auf dem Vorplatz wahr, konnte aber nicht sehen, wer da Holz hackte – die dichte Baumreihe nahm ihm die Sicht. Viktor fühlte, dass er gleich in Ohnmacht fallen würde, blieb stehen und lehnte sich zuerst mit einem Arm und dann mit dem ganzen Körper an eine Birke. Vor dem Hintergrund der hellen, gewölbten Rinde wirkte sein Handrücken übertrieben dunkel. Eine Ameise lief darüber, beschrieb eine Parabel zwischen Daumen und kleinem Finger. Er sah kurz in den Himmel, der schon dunkelte, und beschloss, dass er den Bewohner dieses Hauses – selbst wenn es ein deutscher Nazi war, der sich seit Jahren dort versteckte – bitten würde, ihn über Nacht zu beherbergen. Er machte einen weiteren Schritt in Richtung der Axtschläge, stolperte aber über etwas, vielleicht ein Holzscheit, und überließ sich dem Fall auf den feuchten Boden. Dann hörte er nur noch Stille.

Als er die Augen wieder aufschlug, sah er eine hölzerne Decke, von der eine Eisenkette herunterhing, die eine Kerosinlampe hielt. Überflüssigerweise, lautete Viktors erster Gedanke, da schräg durch ein Fenster reichlich Tageslicht hereindrang. Dann durchzuckte ihn plötzlich ein Schmerz in der Hand, und er merkte, dass er einen Verband trug. Er entfernte ihn und starrte eine Weile die lange, aber nicht tiefe Schnittwunde an, die parallel zur Mittellinie des Handballens verlief. Daraufhin besah er den Verband – ein gewöhnliches, weißes Stofftaschentuch mit den gestickten Initialen O. M. in einer Ecke. In diesem Moment hörte er, wie die Tür aufging und eine Frauenstimme sagte: »Willkommen bei Olessia, der Waldfrau, mein Herr!« Viktor hielt sie im ersten Moment für eine der Geisterfrauen, die die Wälder russischer Märchen bevölkern, aber als sie näher trat, war ihm sofort klar, dass dieses Gesicht mit zwar harten Zügen, aber Ehrlichkeit ausstrahlenden Augen jemandem gehören musste, dem die Bürde des Menschseins wohlbekannt war. Die Frau beugte sich leicht vor und legte ihm die warme Hand auf die Stirn, zog sie zufrieden wieder weg und sagte: »Jetzt mache ich dir einen Aufguss aus Lindenblüten.«

Einen Aufguss aus Lindenblüten! Wie ihm seine Amme, die gute Marussja, zubereitet hatte, als er drei oder vier Jahre alt und krank gewesen war. Danach hatte das nie mehr jemand für ihn getan. Und jetzt teilte ihm diese unbekannte Frau mit, sie wolle ihm einen Aufguss aus Lindenblüten zubereiten. Viktor übermannte Rührung, den furchtlosen Viktor in diesem Zimmer voller Goldstaub, der die Luft flaumig wirken ließ, Viktor mit der kindlichen Schnittwunde an der Hand, dem behelfsmäßigen Verband, diesen warmen Fingern auf der Stirn, den eisernen, von all dem überwältigten Viktor.

Noch am selben Tag erzählte ihm Olessia, die etwa zehn Jahre älter war als er, dass sie als Försterin arbeite. Man hatte sie in den Wald geschickt, weil sie in sehr jungen Jahren eine große Unruhestifterin gewesen war und zusammen mit ihren nicht minder Unruhe stiftenden Freundinnen und Freunden eine Künstlergruppe gegründet hatte. Deren Name war ihre Idee gewesen – ein Wortpaar, zusammengesetzt aus einem sehr sanften, poetischen Substantiv und einem klingenscharfen, aggressiven Adjektiv, das auf die unwiderruflich veränderten Zeiten verwies. Sie war Malerin. Einst waren ihre bevorzugten Sujets Frauen gewesen, mit scharfen Waffen in der Hand, weil sie die Welt verändern wollten. Die Hände dieser Frauen waren das Getriebe, das den Zug der Revolution hatte fahren lassen – auch die von Olessia gehörten dazu. Aber dann hatte man ihr und ihren Freunden gesagt, dieser Zug könne nicht ewig weiterfahren, irgendwo müsse er anhalten. Und so wurde er angehalten: Manche ihrer Freunde stiegen durch die Tür aus, andere sprangen aus dem Fenster. Den Übrigen wurde gesagt, sie dürften ihren Kampf unter der Bedingung weiterführen, dass dies in aller Stille geschehe, ohne dass sie allzu viel Staub aufwirbelten. Olessia sagte zu Viktor: »Es war ohnehin kein Zug mehr, sondern nur noch eine Telefonzentrale, von der aus man höchstens einmal telefonieren konnte.«

Und so wählte sie die Nummer eines Freundes ihres Vaters und lebte in den folgenden zwanzig Jahren zurückgezogen in diesem Haus. Während des Kriegs kümmerte sie sich um die Holzlieferungen für die ganze Region. Man schickte ihr aus der Kreisstadt saisonale Holzfäller, und Olessia zeigte ihnen die mit einem weißen Kreuz gekennzeichneten Bäume. »Es gab mir jedes Mal einen Stich ins Herz, aber das Einzige, was ich tun konnte, war, unter den ältesten und marodesten auszuwählen«, sagte sie zu Viktor. Die Holzfäller konnten sie nicht leiden, weil sie ihretwegen viele Kilometer gehen mussten, um zur vorgesehenen Birke zu gelangen.

Olessia aß kein Fleisch und verschlang seit einiger Zeit die Schriften von Florenski und Wojno-Jassenezki, zwei ruhelosen Denkern. Aber was Viktor am meisten beeindruckte, war ihre Leidenschaft für Dinge, die sie noch nie gesehen hatte. Das Meer beispielsweise. Und darin war sie ihm sehr ähnlich. Seit sie in diesem Haus lebte, hatte sie immer nur das Meer und Boote in jeder Form und Farbe gemalt. Menschen hatte sie nie wieder porträtiert.

Olessia hätte ewig Boote malen können. Ihr Haus war voller Bilder von Booten, die groß waren wie Boote.

Hätte sie sie zu Wasser gelassen, wären sie nicht mehr dieselben gewesen. Eines trug den Titel »Metamorphose eines Bootes« und stellte einen kleinen, kakifarbenen Lastkahn inmitten einer violetten marinen Flüssigkeit dar. Fast bei allen Gemälden arbeitete Olessia mit dem Effekt der Opazität: Die Oberfläche war hell und auf eine besondere Weise beleuchtet, wie von Licht, das durch die filigranen Flügel bestimmter weißer Schmetterlinge hindurch – vielleicht von den Weißlingen – darauf fällt. Viktor kam in den Sinn, dass er eben einen gesehen hatte, am Seil des Eimers, der auf dem Rand des Brunnens neben dem Haus stand. Er war mit seinen vor Schmerz pochenden blauen Zehen hinausgehinkt, um etwas frische Luft zu schnappen und einen Schluck Wasser zu trinken, und da hatte er den Schmetterling bemerkt und sofort den Wunsch verspürt, präzise Worte der Beschreibung zu finden, diese im Gedächtnis zu bewahren und Olessia darzubringen wie silbernes Wasser aus einem Brunnen, aber es war ihm nicht gelungen – der Schmetterling war bereits weggeflattert, und ohne Vorlage, aber mit diesen Schmerzen an den Füßen, die es verunmöglichten, einen einzigen zusätzlichen Gedanken zu fassen, war es das Beste, ins Haus zurückzugehen.

Mit dem Überschreiten dieser weiß gestrichenen Schwelle begriff Viktor, dass die Traurigkeit von diesem Tag an nur noch als Vorletztes an seine Tür klopfen würde.

XXVIII.

Leere Blätter
(nicht allzu leer)

Würde sich jemand die Mühe machen, alle Leute, die Kira und mich während unseres Studiums in Moskau kennengelernt haben, zu bitten, ihre Eindrücke auf ein Blatt Papier zu schreiben, erhielte er mit großer Wahrscheinlichkeit folgendes Bild.

Die Zimmernachbarin (wir teilten das Bad)
Auch den Flur haben wir uns geteilt. Ich war gerade frisch eingezogen. Einer der beiden, der größere, schien überall eine Spur von Kuhdung zu hinterlassen. Ich will nicht behaupten, dass er das wirklich tat. Es drängte mich einfach, augenblicklich dorthin zu eilen, wo er seine Füße hingesetzt hatte, und den Fußboden sauber zu machen. Einmal kam ein Mann zu Besuch, ihr Vater, wie er mir sagte, ein schöner Mann mit einem stolzen Schnurrbart. Er klopfte bei mir an, weil er im Zimmer der Jungen niemanden angetroffen hatte. Ich hatte mir eben die Haare gewaschen, trug ein Handtuch auf dem Kopf. Er fragte, ob ich wisse, wo die Jungen seien. Ich antwortete, die Jungen seien jung und

gäben nie Bescheid, wo sie hingingen. Dann zupfte ich das Handtuch zurecht und fragte, ob er vielleicht eine Tasse Tee wolle. Nachdem er mich gründlich gemustert hatte, sagte er: »Gut.« So trat er ein, redete über den Krieg und über einen Freund, den er verloren hatte, vielleicht im Krieg, ich kann mich nicht genau erinnern. Er saß auf der Bettkante (damals besaß ich nur einen einzigen Stuhl, über dem aber der frisch gebügelte Krankenschwesterkittel hing), ich trat näher und erkundigte mich, ob er neben dem Krieg noch weitere bevorzugte Themen habe. Das *bevorzugte* sprach ich aus, als hätte ich einen Bonbon im Mund. Er sah mich an und sagte: »Sicher.« Also trat ich noch näher an ihn heran, roch den leichten Tabakgeruch, der von seinem Schnurrbart ausging. Er zog ein vollgeschriebenes schwarzes Notizbuch aus der Innentasche des Jacketts und fragte mich nach meiner Meinung zum Bauwesen unserer Gesellschaft, oder etwas in der Art, aber mir war inzwischen ein Licht aufgegangen – er war ein Tschekist auf Inspektion, sicherlich wegen der beiden Fläschchen Medizin, die ich aus dem Magazin entwendet hatte. Ich fiel vor ihm auf die Knie, umfasste seine Hände und jammerte, die Medikamente seien für meine Mutter, die in einem Dorf im Donbass im Sterben liege, und meine arme Matjuschka habe nur mich auf der Welt, er möge Erbarmen mit uns haben. Er entzog sich mir mit einer etwas brüsken Handbewegung, stand auf und ging.

Von diesem Tag an machte ich nicht mehr dort sauber, wo die beiden Jungen schon durchgegangen waren, sondern dort, wo sie noch durchgehen würden.

Der Neffe des Hausmeisters

Er spielte oft mit mir. Einmal, als ich dachte, er würde mit mir kicken, war er mit einem Mädchen unterwegs. Ich lief ihm hinterher und bat ihn, ein wenig mit mir Fußball zu spielen. Er strich mir über den Kopf und sagte: »Heute kann ich nicht, Mischa. Morgen.« Und ging mit dem Mädchen weg. Ich war wütend, weinte sogar ein bisschen. Nur ein bisschen. Dann fiel mir ein, dass der dicke Goscha inzwischen mit dem Essen fertig sein musste und wahrscheinlich im Hof auf mich wartete. Ich nahm den Ball und lief zu ihm.

Der Vater von Sina Makarowa (ein entfernter Verwandter des Pistolenentwicklers)

Als ich ihn sah, sagte ich Sina gleich, dass das kein geeigneter Freund für sie war. Nicht einmal der ärmsten und hässlichsten Jungfer hätte man eine solche tote Seele zumuten wollen. Ich erkenne Männer an der Art, wie sie vor der Eingangstür auf die Fußmatte treten. Dieser Mensch kratzte eine gute halbe Stunde darauf herum, wie eine Katze, die eine raue Oberfläche bearbeitet. Stand dort und konnte sich nicht entschließen anzuklopfen. Ich widerstand der Versuchung nicht, die Tür zu öffnen und zu sagen: »Nur Mut, junger Mann, bei uns gibt es kein Menschenfleisch zum Abendessen.« Da sah er mich auf eine Weise an, die mir überhaupt nicht gefiel. Ich dachte bei mir: »Hat keine Eier und ist auch noch beleidigt, wenn ihn jemand auf die Leere zwischen seinen Beinen aufmerksam macht.« Das sind die Schlimmsten. Außerdem stand er vorgebeugt da, mit stumpfen Augen, die wirkten, als wären sie mit dem letzten noch auf der Palette verbliebenen hellblauen Farbrest angestrichen worden, und einem dünnen, blonden Flaum über der Oberlippe und am Kinn. Angezogen war er so, wie es junge Leute sind, die gerade erst dem Provinzzug entstiegen sind, mit staubigen, schlabbrigen Hosen und einer ursprünglich für jemand anderes genähten Jacke. Seine taubenkotfarbenen Augen waren mir unangenehm. Als er eingetreten war, musterte er den Tisch und die Anrichte aus Eichenholz, die böhmischen Kristallgläser, Sawrasows Birken. Mir war sofort klar, welche Gedanken ihm durch den Läusekopf schwirrten. Ich lächelte, bemühte mich, so zu tun, als wäre ich der ihm wohlgesinnteste Mensch der Welt, und sagte: »Sie sollten mal unsere Datscha in Nikolina sehen, die ist noch dreimal schöner und…« Er unterbrach mich so unverschämt wie lapidar: »Ich bin wegen Sina hier, nur ihretwegen, Herr Makarow.« Ich bemerkte, dass ich zu schwitzen begann, zog mein Batisttaschentuch hervor und ging zum Angriff über: »Genosse… wie heißen Sie?«

»Florensow. Kirill Dimitrijewitsch Florensow.«

»Gut, Genosse Florensow. Womit beschäftigen Sie sich?«

»Zurzeit studiere ich.«

»Und was studieren Sie, Genosse Florensow?«

»Philologie.«

»*Ach so…*«, sagte ich aus irgendeinem Grund auf Deutsch und wischte mir die Stirn ab. Endlich trat Sina ein und lächelte mir zu. Nun nahm alles eine andere Farbe an, die Kanten und Ecken der Gegenstände wurden weicher, Lavendelduft erfüllte das Zimmer. Dann lächelte Sina auch ihm zu. Kennengelernt hatten sie sich an der Universität, im Klub der Freunde der Poesie oder so ähnlich. Sie verabschiedeten sich von mir und gingen gemeinsam zur Tür. Zuerst trat sie hinaus, und als auch er den Fuß über die Schwelle setzen wollte, stolperte er, machte einen unbeholfenen Satz nach vorne und konnte nur knapp sein Gleichgewicht halten. Meine Sina lachte. Er lachte, weil sie lachte. Ich beschränkte mich auf ein »Passt auf« und schloss die Tür.

Erst später erfuhr ich, dass er damals, bei seinem ersten Rendezvous mit meiner Tochter und weil es sehr wahrscheinlich war, mir zu begegnen, seine Brille nicht aufgesetzt hatte. Deswegen waren mir seine Blicke so eigenartig vorgekommen. Im Laufe der Jahre dachte ich oft an diese Begegnung zurück, aber für mich blieb er immer einer jener Menschen, die sozusagen dazu geboren sind, von den Rädern der Zeit zermalmt zu werden, die das Schicksal einladen, sie in den Würgegriff zu nehmen und zu zerquetschen.

Der Hilfskoch der Universitätsmensa

Der kleinere und blassere nahm immer Kohlsuppe, der größere und dunklere mit dem Ochsengesicht hingegen fragte immer, ob es Fleischklößchen gebe. »Fleischklößchen kannst du dir von deiner fetten Matjuschka kochen lassen«, sagte ich lachend. Ochsengesicht lachte nie, er nahm widerwillig ebenfalls Kohlsuppe und setzte sich zusammen mit seinem Bruder ans Fenster.

Eines Tages kam er merkwürdigerweise allein und fragte nicht nach Fleischklößchen, und so neckte ich ihn: »Was ist mit den Fleischklößchen, willst du heute nicht betteln?« Und stellt euch mal vor, da schleudert mir dieser Hurensohn einfach sein Aluminiumtablett ins Gesicht und schlägt mir den Goldzahn aus, den ich mir bei Arman hatte machen lassen, mit dem Geld, das bei der Beerdigung meiner armen Anjuschka zusammengekommen war. Ich lächelte doch immer, damit man ihn sah, und dann ist dieser Schweinehund gekommen, und ich musste stundenlang suchen, bevor ich das kostbare letzte Geschenk meiner Frau, Gott habe sie selig, in den Möhren und roten Beeten wiederfand. Ich hätte ihn eigenhändig erwürgt, wenn man mich nicht davon abgehalten hätte. Eine Zeit lang sorgten sich alle um mich, sogar ein paar Professoren erkundigten sich nach meinem Wohlergehen. Der Schweinehund wurde von der Universität verwiesen. Ich habe ihn nie wieder gesehen, seinen Bruder auch nicht. In der Mensa sammelten sie Geld, damit ich zu Arman gehen konnte, um mir den Zahn wieder reinmachen zu lassen. So kann ich jetzt lächeln wie zuvor, und meine Anjuschka lächelt jedes Mal mit.

Der Redakteur der Zeitschrift Nowaja Kultura

Heute hält sich jeder für einen neuen Majakowski, arme Verseschmiede ebenso wie vermögende Halunken. Ich will nicht behaupten, dass Wladimir Wladimirowitsch ein besonderes Genie gewesen sei, aber sein Charisma und ein bescheidenes dichterisches Talent sind heutzutage das absolute Minimum, um zu einem Literaten mittlerer Größe zu werden.

Der Junge, der mit seinen Versen zu mir kam, war bloß ein armer Verseschmied ohne Charisma, ohne Geist. Eines der Gedichte hieß *Als man unter meinem Fenster den Sarg des Dichters vorbeitrug,* und er besang darin die Beerdigung eines an Altersschwäche gestorbenen unbekannten Provinzdichters und beschrieb die Gemütszustände eines Jünglings, der nach gleichem Glück im Leben und kleinerem Glück im Tod strebte. Ein milchbärtiger Träumer, der sich ausmalte, die

Stürme des Lebens nagten an seinem Fleisch und polierten ihm die Knochen, sodass er sich schon zu Lebzeiten in eine knöcherne Statue seiner selbst verwandeln würde (der vorzugsweise verfrühte Tod brächte dann eine *Einkleidung ins Purpurgewand* der erwähnten Statue mit sich). Dann war da noch ein anderes, das *Revolution einer Schote* hieß und eine tiefgründige Reflexion über die Zyklen der Natur und ihren Einfluss auf den Menschen hätte sein sollen, aber allein schon der Titel war so zweideutig wie hässlich. Dazu kommt, dass der Begriff Revolution – egal ob mit unbestimmtem oder bestimmtem Artikel – inzwischen so abgenutzt, ja, regelrecht geplündert ist. Warum hatte er nicht die unschuldigere, weniger angreifbare »Evolution« gewählt? Warum verstand er nicht, dass die Revolution eine *notion trop imposante* war, als dass man sie in die dürftige Form eines Sechszeilers hätte packen dürfen?

Deswegen sagte ich zu dem Jungdichter, der mir gegenüber am Schreibtisch saß und sich sichtlich unwohl fühlte: »Sehen Sie dieses Porträt?« – ich meinte das Porträt von Lenin, das direkt über meinem Kopf hing –, »dieser Mann hat dafür gekämpft, hat sein Leben dafür hergegeben, dass die Kultur neue Wege erkunden kann, dass sie endlich ein neues Gesicht findet, dass du, junger Mann, dich nicht mit Altem vollsaugst, sondern ein neues Licht in dir trägst, ein neues Strahlen. Du aber, was tust du? Du aalst dich im Zuckersirup der Romantik, mit einem ansatzweise dekadenten Beigeschmack.« Der junge Mann, der möglicherweise kein Wort von dem verstand, was ich zu ihm sagte, betrachtete unterdessen aufmerksam Lenins Porträt, und sein Mund verzog sich bereits zu einem eigenartigen Lächeln.

Dann nahm er plötzlich die Brille von der Nase und brach in Gelächter aus. Eigentlich erinnerte es eher an einen Schluckauf: Seine schmächtigen Schultern zuckten krampfhaft, die Augen schwollen an und wurden rot, und durch den verzogenen Mund stieß er leise Zischgeräusche aus. Ich rief sofort meine Sekretärin. Als er sich wieder erholt hatte (Nina hat immer irgendwelche Wundertropfen bei sich, die zuverlässig bei allen Arten von Anfällen wirken), sagte er, es sei nur wegen einer alten Erinnerung gewesen, nichts Wichtiges.

Da aktivierte ich alle meine besten Gefühle, allem voran das der Kategorie Mitleid, packte das grüne Heft, das seine Gedichte enthielt, und wedelte damit vor seinen Augen herum: »Mein Junge, als Freund, als Vater sage ich dir, dass das hier alles angefaultes Zeug ist! Wenn ich dir einen Rat geben darf, geh zurück in dein Dorf (ich hatte sofort verstanden, dass er nicht aus Moskau war, und auch er hatte verstanden, dass ich es verstanden hatte) und unterstütze deine Eltern, eure Kolchose, so bist du sowohl der Gesellschaft als auch dir selbst von größerem Nutzen.« Er nickte und nahm sein Heft wieder an sich, rückte die Brille zurecht und verabschiedete sich. Bevor er ging, fragte ich noch, was für eine Erinnerung ihn denn so aufgewühlt hatte, und er sah mich an und sagte: »Angefaultes Zeug, Sie haben recht, auch ich selbst brauche es nicht mehr. Auf Wiedersehen«, und schloss die Tür hinter sich.

Eine Weile saß ich schweigend da. Wie immer schwebte Lenins Porträt über meinem Kopf. Ich rief Nina und bat sie um einen Tee. »Mit einem halben Löffel Zucker«, rief ich ihr hinterher. Dieser Junge hatte etwas zurückgelassen, das fühlte ich, aber ich wollte gar nicht wissen, was genau. Ich ahnte, dass es nichts war, das sich anzuhören gelohnt hätte, und zu veröffentlichen schon gar nicht. Meine Sekretärin kam zurück, und als sie mir die dampfende Tasse auf den Schreibtisch stellte, sagte ich: »Ninotschka, mach alle Fenster auf und setz dich dann zu mir.«

XXIX.

Typische Farbtöne einer Epoche

Seit wir an der Universität studierten und jene anderthalb Zimmer in der Malaja Grusinskaja gemietet hatten, tauchten in unseren Gesprächen immer öfter die Namen der Großeltern von Kira auf, jedes Mal begleitet von Kritik am Grafen, Onkel Dima, der sie ihrem Schicksal überlassen hatte.

»Welcher Sohn würde so etwas tun?«, fragte sich Kira.

Ich antwortete: »Das waren andere Zeiten. Außerdem war der Graf bekanntlich ja vom Haus seines Großvaters und jenem Baum besessen.«

»Ich hätte es nie getan.« Kira legte den Kopf auf den Arm, den er auf dem grauen, fast die ganze Küche ausfüllenden Laminattisch ausgestreckt hatte: zwei Meter zwanzig auf drei Meter zwanzig. »Da bin ich mir ganz sicher.« In der Hand des ausgestreckten Arms hielt er, senkrecht zur Tischplatte, ein offenes Buch.

Eines Tages beschlossen wir, den Ort in Augenschein zu nehmen, an dem meinem Vater zufolge Dimitri Gawrilowitschs Eltern gewohnt haben mussten.

Ein Stück fuhren wir mit dem Bus, dann ging es zu Fuß weiter. Als wir ankamen, entdeckten wir, dass der Bahnhof im eigentlichen Sinn nicht mehr existierte – es gab nur noch eine Verladestation, und die grün angestrichene Tür führte nicht zu der von Viktor beschriebenen Zweizimmerwohnung, sondern in eine Imbissstube mit schmutzigen Gardinen, lila geblümter Tapete und dem vertrauten Geruch nach gekochtem Kohl.

Der Raum war völlig leer, aber als Kira und ich auf einen Tisch zusteuerten, erschien eine schon etwas ältere Bedienung in einer bis zum Hals zugeknöpften beigen Bluse und mit einer senffarbenen Schürze. Sie nahm die Bestellung auf und brachte uns den Tee in Gläsern mit silbernen Blechuntersetzern. Lieblos stellte sie sie auf den Tisch, starrte dann, die Hände in die Hüften gestemmt, Kirills Brille an. Ich sagte als Erster etwas.

»Genossin, Sie wissen nicht zufällig, was aus den alten Bewohnern dieses Lokals geworden ist?«, ich deutete mit den Augen auf eine unbestimmte Stelle an der Zimmerdecke.

Sie warf mir einen finsteren Blick zu. »Zuerst das Geld, meine Lieben.«

»Ach natürlich, wie unaufmerksam von mir«, sagte ich bemüht lächelnd und klopfte zweimal gegen meine Hosentasche, um herauszufinden, ob ich ein paar Kopeken dabeihatte. Ich förderte ein halbes Dutzend zutage. Die Frau beugte sich vor und nahm nach einer kurzen Prüfung jene an sich, die ihrer Meinung nach dem Wert der beiden Gläser brauner Brühe entsprachen. Kira trank einen Schluck und sagte dann auch etwas: »Bevor die Imbissstube eröffnet wurde, lebten hier meine Großeltern. Das Leben wollte es, dass ich sie nie kennengelernt habe, ich würde jedoch sehr gern erfahren, was aus ihnen geworden ist. Können Sie mir irgendwie helfen?«

Sie sagte, sie werde beim Verwalter nachfragen. Als sie eine halbe Stunde später zurückkehrte, trug sie etwas in ihrer Schürze. Schon im Herankommen befahl sie uns, auf dem Tisch Platz zu machen, dann leerte sie geräuschvoll ein Sammelsurium darauf aus: Beschläge, Knöpfe, zwei Nägel, einen Briefumschlag, zwei Kämme, einige gestempelte und von Mäusen angeknabberte Dokumente, ein Dutzend Ansichtskarten, zwei Fotos, eine Medaille für die Verteidigung Leningrads und schließlich nichts Geringeres als eine Radgabel, die mit metallischem Lärm auf den Tisch fiel. Kira und ich machten große Augen. Die Bedienung wischte sich die Hände an einem Lappen sauber, sah dann uns beide an und sagte: »Der Verwalter lässt euch sagen, dass er keine Zeit hat, um persönlich zu kommen und sich mit euch zu unterhalten. Dafür schickt er euch diese Gegenstände, die der Mann zurückgelassen hat, der vor einiger Zeit hier wohnte. Der Verwalter wollte erst alles wegwerfen, hat es dann aber doch nicht getan. Das sind doch Sachen deines Großvaters, nicht?«, wandte sie sich an Kira.

Dieser schwieg, starrte benommen auf die Tischplatte. Besonders die Radgabel schien seine Neugier geweckt zu haben.

»Sind sie von deinem Großvater? Ja oder nein?«, bohrte die Frau.

Statt zu antworten, nahm Kira eines der Fotos zur Hand und hob es zur Brille hoch, mit der klaren Absicht, darauf etwas oder jemand Vertrautes zu suchen. Ein Knie leicht angewinkelt, stellte sich die Bedienung hinter ihn, musterte über seine Schultern hinweg das Foto und brachte Hypothesen vor, und jeder ihrer Sätze endete maniert mit dem Schlenker eines Fragezeichens.

»Vielleicht ist dieser Mann dein Großvater? Und diese Frau deine Großmutter? Und der Kleine? Wer könnte der Kleine sein?«

»Mein Vater...« Das war das Erste, was er verlauten ließ, seit wir sie mit der ausgebeulten Schürze hatten ankommen sehen.

Stumm streckte er mir das Foto hin. Der vorherrschende Farbton war der von eingetrocknetem Kaffee auf weißem Papier. Unten in einer Ecke sah man einen mit den Originalfarben verschmelzenden Fingerabdruck – vielleicht des Fotografen –, und der weiße Rand war leicht gewellt. Der Fokus lag auf einer Dreiergruppe: Ein Mann in seinen besten Jahren, im Mechanikeranzug, den Arm um die Schultern einer jungen, lächelnden Frau gelegt, mit einer rund um den zierlichen Kopf geflochtenen Frisur, einem Mantel über den Schultern und bloßen Armen, die den Hals eines etwa neun- oder zehnjährigen Jungen umschlossen. Das Kind – das verbindende Glied zwischen den beiden Polen – trug unter einer leichten Jacke einen Matrosenanzug und an den Füßen solide Schuhe. Und schließlich zeichnete sich, etwas im Hintergrund und etwas links des Triptychons – aber auf der rechten Seite des Fotos –, wie eine riesige, schlafende Raubkatze, die gerundete Stirnseite einer Lokomotive ab, mit einem Schornstein, der hinter einer bauschigen Rauchwolke verschwand.

»Lass uns gehen, Saschka!« Kira wollte bereits wieder aufstehen.

»Mehr willst du nicht wissen? Warte, interessiert es dich nicht, was aus deinen Großeltern geworden ist?«, fragte die Bedienung.

Ich bat sie, zu erzählen und Kira, sitzen zu bleiben.

»Ich soll euch vom Direktor sagen«, fuhr sie fort, »dass die Frau an irgendeiner Krankheit gestorben ist, nachdem sie erfahren hatte, dass der Sohn wohl in einem Lager…« Die letzten Silben dehnte sie auf grausame Weise.

»Und weiter?«, fragte ich ungeduldig.

»Der Mann hingegen hat anscheinend am Großen Vaterländischen Krieg teilgenommen und in der Nähe von Leningrad ein Bein verloren. Dann ist er hierher zurückgekehrt und hat den Verstand verloren. Jetzt befindet er sich in einem Krankenhaus für Leute wie ihn.«

Kira starrte die ganze Zeit auf die Radgabel, und als die Frau geendet hatte, sah er mich auf eine Art und Weise an, die mir wohlbekannt war: Es war der Blick, der gewöhnlich der berühmten »Operation Myschkin« voranging.

»Haben Sie etwas, worin wir diese Sachen verstauen können?«, fragte ich die Frau. »Das zum Beispiel…« Ich deutete mit dem Kopf auf ihre Schürze.

Sie blickte an sich hinunter, sah Kira und dann mich an. »Wie? Du bist wohl nicht bei Trost.«

Doch ich sprang auf, packte sie an der Hüfte und tastete nach dem Knoten. Zuerst wehrte sie sich ein bisschen, dann konnte sie sich entwinden, und schließlich seufzte sie: »Na gut, na gut.« Sie strich sich eine dem lockeren Pferdeschwanz entflohene Strähne hinter das Ohr. »Da, ich schenke sie euch!«, sagte sie, löste den Knoten und warf die Schürze Kira zu, der gerade aufstand und beinahe das Gleichgewicht verloren hätte.

Ich sammelte ein, was auf dem Tisch lag, wickelte es geschwind in das senffarbene Stück Stoff. Das kleine Bündel über dem Arm, sah ich Kira an, deutete auf den Ausgang und ging grußlos weg. Die Bedienung räumte die beiden Teegläser ab – meines unberührt, jenes von Kira fast leer. Als ich schon draußen war, stand er immer noch beim Tisch.

»Sie müssen wissen, dass mein Bruder ein wenig nervös ist...«

»Ich muss überhaupt nichts wissen. Und wieso überhaupt dein Bruder? Hast du nicht gesagt, es seien deine Großeltern?«

»Genau, es sind nur meine Großeltern, aber das ist eine komplizierte Geschichte...«

»Herrgott noch mal, Kira! Worauf wartest du?« Ich hielt es nicht mehr aus, mit diesem Bündel dazustehen wie ein Idiot. Dazu war es ein ordentliches Stück Weg bis zur Bushaltestelle.

»Ich muss gehen ... Auf Wiedersehen!«

»Geh nur, geh.«

Über den Tisch gebeugt, wischte die Bedienung mit einem Lappen den Schmutz weg, den das Erbe von Kiras Großeltern hinterlassen hatte.

XXX.

Variazija na temu Kafki

Nehmt alle eure Vorstellungskraft zusammen, greift auf eure Romane mit juristisch-verfahrensrechtlichem Hintergrund zurück, oder falls ihr nie etwas anderes gelesen habt als Bekanntmachungen an Hauswänden, ruft euch die Erzählungen eurer Väter oder Großväter in Erinnerung – kurz und gut, behelft euch, so gut es geht, und konstruiert in eurem Geist einmal folgendes Zusammentreffen von Umständen: Kira und ich werden gegen Ende unserer beiden Studienjahre von den Behörden einer höchst schwerwiegenden, noch nicht näher spezifizierten Straftat bezichtigt, und unsere Kommilitonen und Professoren werden unverzüglich darüber informiert – ihnen wird aber nur mitgeteilt, dass wir ein Delikt begangen hätten, dessen Natur noch nicht preisgegeben werden dürfe, weil diesbezüglich noch Ermittlungen liefen, sicher sei aber, dass es sich um etwas äußerst Ernstes handle.

An diesem Punkt würden einige der Professoren und Studentenvertreter ein Treffen einberufen, um über die »schwerwiegende Straftat unserer Genossen Kommilitonen zu diskutieren«. Während der Sitzung würden mit großer Wahrscheinlichkeit folgende Ur-

155

teile geäußert (aus naheliegenden Gründen fände das Treffen ohne die beiden Verdächtigen statt):

Student Nr. 1

Dass Kirill Dimitrijewitsch Florensow kein vorbildlicher Student ist, wurde mir klar, als ich entdeckte, dass er auf Seite 273 des dritten Bandes der *Geschichte der Literaturkritik* ein Foto von Adam Mickiewicz aufbewahrt, diesem Chauvinisten der Romantik. Beide, er wie auch Mickiewicz, sind mir schon immer unsympathisch gewesen.

Studentin Nr. 2

Ich kann dazu nur sagen, dass mich Florensows Brille schon immer beeindruckt hat, mit diesem fein gearbeiteten Gestell – man könnte fast meinen, sie stamme aus dem Ausland, etwas in dieser Art habe ich noch nie gesehen.

Professor für Geschichte des sowjetischen Films

Sie haben beide bei mir studiert. Über Florensow habe ich nichts zu sagen, er war immer sehr schüchtern und zurückhaltend, über Almasow hingegen schon, etwas an ihm war höchst beunruhigend. Einmal kam er nach der Vorlesung zu mir und fragte mich, warum ich von der Schönheit der Bilder in Eisensteins Film *Das Alte und das Neue* gesprochen hätte, wo doch die Nahaufnahme der Hauptdarstellerin zu den hässlichsten Dingen gehöre, die er in seinem Leben je gesehen habe. Genauso hat er sich ausgedrückt, liebe Kollegen und Studenten, ist das nicht unerhört?

Studentin Nr. 3

(bricht in Tränen aus) Ich weiß überhaupt nicht, was ich sagen soll…

Student Nr. 4

Ich verstehe nicht, warum wir uns hier mit Bagatellen aufhalten und manche sogar kleinbürgerlich losflennen, wenn außerhalb unseres Landes ganze Völker darauf warten, endlich befreit zu werden. Lasst uns aufwachen, Genossen, wir haben keine Zeit zu verlieren. Uns bedrohen größere Feinde, warum Zeit mit zwei kleinen Unruhestiftern verlieren?

Professor für Philosophie der Renaissance

Genossen, vielleicht wäre es angebracht, zuerst… *(Stimmengewirr)*

Professorin für Kunstpädagogik

Wenn es nach mir ginge, würde ich die beiden sofort erschießen. Allein dafür, was Almasow dem Hilfskoch unserer Mensa angetan hat.

Studentin Nr. 5

Einmal hat Sascha Almasow mir aber bei der Lösung einer trigonometrischen Aufgabe geholfen.

Professor für Geometrie

(zu Studentin Nr. 5) Von ihm also hast du dir helfen lassen. Es kam mir damals nämlich merkwürdig vor.

Student Nr. 6

Einmal sagte Almasow zu mir, sein großer Held sei sein Vater, und als ich ihn fragte, wer seiner Meinung nach der größere Held sei, Stalin oder sein Vater, gab er keine Antwort. Als ich das zu Hause erzählte, sagten meine Eltern, ich solle mich besser von ihm fernhalten. Jetzt ist mir klar, dass sie recht hatten.

Studentin Nr. 7
Vielleicht ist er wirklich ein Held, natürlich ein zweitrangiger, aber trotzdem ein Held, Almasows Vater. Es heißt, er habe einen gefährlichen Konterrevolutionär denunziert, obwohl er mit diesem, Florensows Vater, seit der Kindheit befreundet war. Es war bestimmt keine einfache Entscheidung.

Professor für Geschichte der Kommunistischen Partei
Ja, aber Helden ziehen nun mal nicht Kinder von Volksfeinden auf, als wären es die eigenen, und genau das scheint im Fall der Almasows passiert zu sein. Genossen, wir haben es hier mit vereinzelten guten Keimlingen in einem Meer von Quecken zu tun, und wenn ein guter Bauer Quecken ausreißt, dann reißt er sie ganz aus. *(Stille)*

Dieses Szenario ist ausgedacht und ziemlich willkürlich, der banale Zeitvertreib eines alten Bibliothekars, der sich damit vergnügt, mit der Vergangenheit zu würfeln. All das hätte sich nie ereignen können, weil oben erwähnter Buchstabenhüter wegen des Vorfalls mit dem Hilfskoch der Mensa im Laufe des zweiten Jahrs seines Geschichtsstudiums aus der Universität ausgeschlossen worden war, und der andere Junge, sein Bruder Kira, bereits unter den kalten Schollen des botanischen Gartens lag. Auch sein Vater Viktor war damals seit ungefähr einem Jahr Musterbürger einer anderen, fernen, mit bloßem Auge nicht erkennbaren Welt, wo die Menschen oder ihnen ähnliche Geschöpfe bereits den *freundlichen Sozialismus* realisiert hatten, wie er ihn gern nannte (auch wenn er selbst im Diesseits nie durch besondere Freundlichkeit aufgefallen war, auch nicht im bereits realisierten Sozialismus).

So hofft jedenfalls der alte Bibliothekar und Träumer, wenn er an seinen weniger alten, aber genauso träumerischen Vater denkt.

XXXI.

In unserer Küche,
1954

Er gab der Aloe in ihrem behelfsmäßigen Topf, einer
Blechdose mit Löchern im Boden, Wasser und setzte
sich vor den Inhalt der senffarbenen Schürze, der auf
dem Küchentisch ausgebreitet war. Ich hatte auf dem
Primus-Kocher Wasser aufgesetzt und wartete darauf,
dass er etwas sagte.

»Mir wäre es lieber gewesen, wenn meine Mutter
nie davon erfahren hätte«, sagte er leise. Er nahm die
Brille von der Nase und putzte mit dem Schürzenrand
die Gläser.

»Wovon denn?« Gleich würde das Wasser kochen.

»Meine Großmutter, verstehst du nicht? Sie ist gestorben, nachdem sie von der Sache mit meinem Vater
erfahren hat.«

»Ja.«

Ich nahm zwei Gläser aus der Anrichte, goss das
Wasser durch ein Sieb mit ein paar zerstampften Tee-
blättern. Dann hielt ich nach den Krapfen Ausschau,
die unsere Zimmernachbarin, die Krankenschwester,
uns am Morgen hingelegt hatte. Seit sie meinen Vater

kennengelernt hatte, überhäufte sie uns mit kleinen Aufmerksamkeiten. Wir fragten nie nach, was bei jener Begegnung passiert war. So, wie wir ihn kannten, konnte alles Erdenkliche passiert sein.

»Warum sehen wir nicht nach, was drinsteckt? Vielleicht ein Brief vom Grafen…« Mit dem Kopf deutete ich auf einen offenen Umschlag unter der Radgabel, dessen dreieckige Lasche einen gelb verkrusteten Rand hatte. Ich stellte die Gläser und den Teller mit den Krapfen auf den Tisch und nahm ebenfalls Platz.

»Oh, den hätte ich fast vergessen«, sagte Kira, setzte die Brille wieder auf und zog den Brief unter der Radgabel hervor.

Ich hatte recht. Er war von Dimitri, und es war vielleicht der einzige, den er seinen Eltern von den Solowezki-Inseln geschickt hatte.

Liebe Mutter, lieber Vater,

ich erwarte kein Verständnis von Euch, nur ein wenig Mitleid, falls Ihr das aufbringen könnt. Der Akt unserer Geburt ist etwas, das auch von uns selbst vollbracht wird. Euer Anteil an meinem traurigen Schicksal ist gering, fühlt Euch bitte nicht schuldig. Es gibt Dinge, die zu tun in unserer Macht liegt, und andere, die nicht in unserer Macht liegen. Da wir alle, ob bewusst oder unbewusst, in jedem Moment irgendwelche Dinge tun, können wir uns selbst in den Millionen von Spiegelsplittern um uns herum sehen. Diesen Spiegel sollte man zusammenfügen, die Splitter einsammeln, aber wir können auch darauf verzichten. Ich habe darauf verzichtet. Und das kann nicht ungestraft bleiben. Vielleicht habe ich zu viel Vertrauen in die Metaphern gesetzt. Vor allem in die des Baums. Und in die der Menschheitsgeschichte. Dazu kommt, dass das, was sich hinter einer Metapher verbirgt, vielleicht wichtiger ist als die Metapher selbst, und dass bei der Interpretation mehr oder weniger individueller Geschichten auch Witz, Wettstreit und Hochstapelei ihren Platz haben. Ich tadle Euch nicht, wenn Ihr meine Geschichte Letzterer zuschreibt.

Ich will Euch nur sagen – vielleicht tröstet Euch das –, dass der Geruch der Pakete, die Ihr mir aus Moskau geschickt habt, immer ein Geruch vom Tag der Schöpfung der Gerüche war. Und das Städtchen am Meer, in das wir jenes eine Mal in Urlaub gefahren sind, Batumi, bleibt der bevorzugte Ort meiner Nächte. Der Zitronenbaum des Erholungsheims, die grüne Wiese rundherum, wir Kinder, die nebenan spielten – das ist heute mein ganzer Besitz.

Vor ein paar Tagen habe ich mein erstes Nordlicht erlebt: An der höchsten Stelle am Himmel erschien über einer dunklen Stelle ein bläulicher Lichtbogen, danach tauchte darüber nochmals einer auf, dann ein dritter, ein fünfter, insgesamt waren es sieben, und nach einer Weile erhoben sich von den ersten Bögen Lichtsäulen und glitten abwärts, als wollten sie ihre grün-blauen Lanzen der Erde darbringen. Ich betrachtete das Schauspiel zusammen mit einigen meiner Gefährten, wir zitterten vor Kälte und waren mit den Gedanken schon bei der warmen Buchweizenkascha, die wir bald essen würden. Aber dann spuckte einer von uns auf den Boden und sagte: »Ich bleibe. Wer mich deckt, kann sich meine Ration nehmen«, und so blieb auch ich, bis dieser Himmel verlöschte, und dachte dort an Euch, daran, wie es Euch glücklich gemacht hätte, näher am Meer zu sein, um die Füße ins Wasser strecken zu können und sie in aller Selbstverständlichkeit umspülen zu lassen, wie die Steine und Fische.

An diesem Abend blieb unser Magen leer, aber wir haben uns nicht beklagt.

Für immer Euer Dima

»Ich wette, dass meine Großeltern kaum etwas von diesem Brief verstanden haben«, sagte Kira und streckte die Hand nach seiner Pfeife aus, die auf dem Fensterbrett lag. Er rauchte nur sehr selten und eher, um sich ein wenig aufzuspielen. Im Unterschied zu sonst steckte diesmal aber vielleicht eine gewisse Nervosität dahinter.

»Die Metaphern haben ihn bis zuletzt nicht losgelassen, den armen Onkel Dima.«

»Aber nach Bȧtumi möchte ich auch einmal fahren...«

»Mit wem, mit Sina Makarowa?«, spottete ich, um das Thema zu wechseln.

Der Brief hatte uns aufgewühlt, und wir wussten beide nicht so recht, was wir nun sagen sollten.

»Kannst du mir erklären, warum sie dir so unsympathisch ist?« Er nahm die Pfeife aus dem Mund und hielt sie eine Weile in der Luft.

»Sie ist dumm.«

»Woher willst du wissen, ob sie dumm ist oder nicht? Du hast sie nur zweimal gesehen.«

»Einmal hat gereicht, um es zu merken.«

Er sagte nichts mehr, nahm einen Schluck Tee und öffnete das Fenster, um frische Luft hereinzulassen. Ich sah nach draußen. Die Konturen der nahen Dächer wirkten irgendwie weich. Ich führte es auf den Frühling zurück. In diesen Tagen ließ sich alles auf den Frühling zurückführen.

»Willst du deinen Großvater nicht einmal besuchen?«, fragte ich und nahm die Radgabel in die Hand. Ich sah sie mir näher an, während ich einen Bissen Krapfen kaute.

»Nein, das wäre viel zu traurig.« Er schlürfte erneut von seinem Tee.

»Wie du meinst. Mach das Fenster zu, mir wird langsam kalt.«

Er schloss es wieder. Ich überlegte, dass in unserer Küche, dieser Kommandobrücke für zwei, kein Gegenstand so fehl am Platz war wie diese Radgabel. Mit seiner Pfeife sah Kira aus wie der Kapitän, auch wenn man ihm nicht einmal ein Floß anvertraut hätte, und ich war ein perfekter Zweiter Offizier. Hätte es da nicht diese Radgabel gegeben, wäre unser Schiff wie aus einem Guss gewesen.

XXXII.

Gespräch zwischen zwei Zoologen

Botanischer Garten. Frost. Hochgeschlagene Kragen. Schwere Stiefel, die laut auf dem gefrorenen Boden stampfen.

ERSTER ZOOLOGE Ganz schön kalt heute. Hast du zufällig etwas zu trinken dabei?

ZWEITER ZOOLOGE *(nimmt einen Flachmann aus der Jackentasche und streckt ihn dem anderen hin)* Da, nimm.

ERSTER ZOOLOGE Du bist Genosse Schild Dserschinski, nicht wahr?

ZWEITER ZOOLOGE Genau. Und du bist Schnurrbart Ordschonikidse…

ERSTER ZOOLOGE *(gibt den Flachmann zurück)* Höchstpersönlich. Seit wann bist du dabei?

ZWEITER ZOOLOGE Seit dem Großen Schneefall in der Wüste Gobi.

ERSTER ZOOLOGE Und ich seit der Fatalen Niederlage in der Ostsee.

ZWEITER ZOOLOGE Ah, das war ein schlimmes Jahr… *(reibt sich die behandschuhten Hände und stampft immer noch mit den Füßen)*

ERSTER ZOOLOGE Allerdings. Das war ja das Jahr der Gejagten Beuteltiere. Ich war damals ein Neuling, wusste nichts von der Existenz des Großen Kängurus.

ZWEITER ZOOLOGE Für mich waren die Eisbären die härtesten Kerle. Meiner Meinung nach sind das die Gefährlichsten: Du erspähst sie, gehst um sie herum, kreist sie ein, meinst schon, sie erwischt zu haben, aber dann, paff, sind sie plötzlich verschwunden, vom Schnee verschluckt.

ERSTER ZOOLOGE Und wenn du am wenigsten damit rechnest, verpassen sie dir den tödlichen Tatzenhieb.

ZWEITER ZOOLOGE Oh! Ich sehe, dass du ein Kenner unserer Fauna bist.

ERSTER ZOOLOGE Nun ja, ich kann einen Salamander aus einem Kilometer Distanz oder mehr erkennen. Hast du etwas zu rauchen?

Schild Dserschinski beziehungsweise der zweite Zoologe kramt in der Jackentasche, aus der er schon den Flachmann gezogen hat, und holt diesmal eine zerbeulte Schachtel filterlose Zigaretten hervor. Er klopft damit gegen den Arm, bis eine herausspringt, und hält sie dem ersten Zoologen hin.

ERSTER ZOOLOGE Hast du Feuer?

ZWEITER ZOOLOGE Ach so, stimmt, ich müsste Streichhölzer dabei haben, aber das wird schwierig...

Schild Dserschinski kramt erneut mühevoll in der Jackentasche, bis er die Streichhölzer findet. Er zündet eines an und führt es, die andere Hand becherförmig darüber gelegt, zur Zigarette im Mundwinkel des ersten Zoologen.

ZWEITER ZOOLOGE Eine üble Spezies, die Salamander. Ihre Haut ist steinhart, sie entkommen den schlimmsten Naturkatastrophen. Bleibt nur eins – ihnen den Kopf zu zerschmettern.

ERSTER ZOOLOGE Ja, das hat man uns auch so beigebracht. *(Rauch kommt aus seinem Mund)*

ZWEITER ZOOLOGE Aber passen wir auf, dass wir unseren Eisbären nicht aus den Augen verlieren. Was macht er gerade?

ERSTER ZOOLOGE *(dreht betont gleichgültig den Kopf)* Nichts Besonderes. Er blickt auf den See und schreibt etwas in eine Art Tagebuch.

ZWEITER ZOOLOGE Hm, ein gebildeter Eisbär. Nicht schlecht…

ERSTER ZOOLOGE Er ist anscheinend Vater von zwei kleinen Bären.

ZWEITER ZOOLOGE Nein, einer ist der Sohn eines Salamanders, eines Jugendfreunds unseres Eisbären.

ERSTER ZOOLOGE *(lacht)* Das ist mal eine Geschichte, eine Freundschaft zwischen einem Salamander und einem Eisbären. Das würde uns keiner glauben.

Beide lachen, stampfen weiterhin mit ihren Stiefeln auf dem knirschenden Boden.

ZWEITER ZOOLOGE *(wachsam)* Ich sehe eine merkwürdige Bewegung… Was macht er da?

ERSTER ZOOLOGE *(blickt in die Runde, als wollte er sich am Panorama des Sees ergötzen)* Er geht irgendwohin… vielleicht zur Villa Scheremetjew.

ZWEITER ZOOLOGE Verlier ihn nicht aus den Augen!

ERSTER ZOOLOGE Warte… nein, er hat es sich anders überlegt. Er läuft immer auf und ab.

ZWEITER ZOOLOGE Dieser verdammte Eisbär… Im Großen Massaker hat er viele Fische erwischt. Ein patenter Kerl, aber unzuverlässig, und nach der Rückkehr vom Großen Massaker ist er übergeschnappt. Vielleicht bereitet er irgendein Komplott vor. Er hat der lokalen Forstverwaltung mitgeteilt, sein Habitat sage ihm nicht mehr zu und er wolle einen neuen Wasserlauf finden.

ERSTER ZOOLOGE In der Akademie hieß es immer, wir sollten wachsam sein gegenüber den Eisbären, weil sie zuerst auf unserer Seite zu sein scheinen, sich zu uns bekennen, schuften bis zum Umfallen, aber dann lassen sie dich eines Tages hängen, jammern, ihnen sei zu heiß oder zu kalt, oder der Schnee sei nicht weiß genug oder die Fische schmeckten nicht gut genug… Krieg ich noch eine Zigarette?

ZWEITER ZOOLOGE Klar.

Gleiches Prozedere wie zuvor, mit dem Unterschied, dass Schild Dserschinski diesmal mit den Zähnen eine Zigarette herauszieht, um selbst auch eine zu rauchen. Dann gibt er die Schachtel seinem Gefährten.

ERSTER ZOOLOGE Wer weiß, was er da in sein Tagebuch schreibt…

ZWEITER ZOOLOGE Mit Sicherheit dummes Zeug.

ERSTER ZOOLOGE *(alarmiert)* Schild Dserschinski…

ZWEITER ZOOLOGE Ja?

ERSTER ZOOLOGE *(wirft die Zigarette weg)* Was macht er denn jetzt?

Die beiden schielen zum See hinüber. Der zweite Zoologe nimmt einen letzten Zug und tritt die halbgerauchte Zigarette mit der Stiefelsohle aus.

ERSTER ZOOLOGE Herrgott! Der Kerl spinnt, er will doch wohl nicht im eiskalten Wasser baden… Was machen wir jetzt, Schild Dserschinski?

ZWEITER ZOOLOGE Keine Ahnung, Schnurrbart Ordschonikidse. Lass uns mal abwarten…

ERSTER ZOOLOGE *(schüttelt verwundert den Kopf)* Scheiße, das ist wirklich ein Eisbär.

ZWEITER ZOOLOGE Vielleicht ist es besser, wenn wir ein Stück näher rangehen…

ERSTER ZOOLOGE Du hast recht. Geh du voran, und ich folge dir… Warte! Gib mir zuerst noch einmal was zu trinken.

ZWEITER ZOOLOGE *(bleibt stehen, sieht dem Gefährten in die Augen und fletscht die Zähne)* Genosse Schnurrbart Ordschonikidse, schau mich einmal an, sehe ich aus wie ein fliegender Händler? Hör auf, oder ich verhelfe dir zu einem erfrischenden Bad direkt neben dem Eisbären…

ERSTER ZOOLOGE Reg dich nicht auf, Genosse, ich habe das nur so dahergesagt… Ich hatte Lust, einen zu kippen. Aber wenn du etwas dagegen hast, Genosse…

ZWEITER ZOOLOGE Genau, ich habe etwas dagegen, sogar sehr viel. Jetzt geh schon!

Vorsichtig, mit erstarrten Gliedern, vor ihren leicht geöffneten Mündern kleine Dampfwolken, nähern sie sich dem Verschlag am See des botanischen Gartens.

XXXIII.

Brief, den Sina Makarowa nie geschrieben, Kira Florensow aber dennoch bekommen hat

Lieber Kirill,

wir Menschen sind nicht wirklich in der Lage, die Größe unserer Gefühle zu ermessen, denn in keinem vornehmen Pariser Museum, in keinem kostbaren Schaukasten sind Proben der Liebe, des Hasses oder der Angst zu finden. Folglich können wir nicht genau erkennen, ob die Wörter, die diesen Gefühlen Ausdruck verleihen, von der Wahrheit weit entfernt sind oder dicht an ihr dran, ob sie dem Original eher treu oder untreu sind. Dies nur, um zu sagen, dass ich gar nicht weiß, ob es einen Sinn hat, Dir diesen Brief zu schreiben (wahrscheinlich werde ich es auch gar nicht tun), denn, überlege einmal: Das, was einer fühlt, entspricht überhaupt nicht dem, was er (zu fühlen) denkt, und was er denkt, entspricht überhaupt nicht dem, was er (zu denken) behauptet.

Wenn man zu all dem noch den Vorgang des Schreibens hinzunimmt, erhält man eine lächerliche Verklei-

dung des Schauspielers, der das Textbuch nicht kennt, sich irgendwie durchschlägt, fruchtlos abmüht, um ein paar Wörter zusammenzufügen, die im besten Fall an ein Kaleidoskop erinnern, aber nie an etwas Präzises wie etwa einen Reflektor, ein Stethoskop oder einen Kardiografen. Wie kann ich also die Größe des Gefühls ermessen, das ich Dir gegenüber empfinde? Wie könnte ich mir anmaßen, mit glasklarer Gewissheit zu behaupten, dass ich Dich liebe? Wie finde ich aus dieser Sackgasse heraus?

Ich versuche zunächst jene Faktoren aufzulisten, die mich zur Annahme veranlassen könnten, dass ich Dich liebe, und dann jene, die mich den gegenteiligen Schluss ziehen lassen.

Man könnte annehmen, dass ich Dich aus folgenden Gründen liebe:

1. Du hast eine Brille, und dadurch wirkst Du sehr intellektuell.

2. Deine Art, die Beine übereinanderzuschlagen und dann die rechte Hand zwischen die Oberschenkel zu schieben, ist sehr reizvoll.

3. Ich finde die Sommersprossen auf Deiner Nase lustig (vor allem wenn die Sonne scheint).

4. Du liebst Bücher, und das hat wirklich viel zu bedeuten (es ist auch romantisch, findest Du nicht?)

5. Du bist ein wenig unbeholfen, es könnte dem entsprechen, was die Deutschen »philosophisch zerstreut« nennen und was die Soka-Gakkai-Buddhisten als »kosmische Aura« beschreiben, »die wie ein leuchtender Nebel herabzieht, um das oculus carnis *vernarben zu lassen«.*

6. Zu diesem Kind mit seinem dreckigen Ball bist Du damals sehr nett gewesen. Du hast ihm über den Kopf ge-

strichen und gesagt: »Heute nicht, Mischa (oder war es Grischa?). Morgen wieder.« Du warst so süß und so … reif. Wenn Du mit Kindern immer so umgehst …

7. Wenn Du Dich konzentrierst, liegt in Deinem Blick etwas, das einem das Gefühl gibt, das Schicksal der Menschheit hänge persönlich von Dir ab, davon, wie Du morgens aufwachst, wie Du den rechten Fuß in den Schuh steckst, wie Du die Krankenschwester grüßt, die nebenan wohnt – ganz so, als sei die Welt auch deswegen ein bisher angenehmer Ort, weil Du ihr in aller Gewissenhaftigkeit jeden Tag freundlich und verantwortungsbewusst Deinen Segen gibst. Und das ist sehr schön, fast schon heldenhaft, Kira.

8. Dein namenloses Gedicht, das mit Nie sah ich einen Zitronenbaum in Blüte / doch färbt diese Vision jede Nacht mir gelb *beginnt, und der vorherige Grund (Nr. 7) streiten sich um den ersten Platz im Rennen, Dich zu lieben. Wenn ich gezwungen wäre, mich für einen der beiden zu entscheiden, befände ich mich in großen Schwierigkeiten …*

Und jetzt die Gründe, warum ich zu dem Schluss kommen könnte, dass ich Dich doch nicht liebe:

1. Du hast eine Brille, und für meinen Vater ist das bei einem Mann ein großer Makel.

2. Sobald Du die Beine übereinandergeschlagen und Deine Hand reizvoll zwischen die Oberschenkel geschoben hast, musst Du – wenn Du übermäßig lange in dieser Pose bleibst (was immer dann geschieht, wenn Du Dich mit jemandem über etwas unterhältst, das Dich sehr interessiert) und wenn der Stuhl ein bisschen unbequem ist – immer um Dein Gleichgewicht kämpfen, und dann erinnerst Du mich an einen unserer Truthähne auf der

Datscha, wenn er von unserem Hund Sabatschkin ge-
ärgert wird.

3. Die Sommersprossen sind in Ordnung, nicht in Ord-
nung ist hingegen der armselige Flaum an Deinem Kinn.
Meine Mutter sagt, Du seist eine blasse Version des jun-
gen Nekrassow.

4. Du liebst Bücher, aber manchmal habe ich das Ge-
fühl, dass Du nur sie liebst, und das ist überhaupt keine
gute Sache.

5. Deine Unbeholfenheit könnte auch einfach das sein,
was sie ist: Unbeholfenheit.

6. Damals, als Du dem Kind über seinen schmutzigen
Kopf gestrichen und auch seinen Ball angefasst hast,
nahmst Du mich danach umstandslos bei der Hand,
ohne Deine erst zu waschen. Weißt Du eigentlich, wie
viele Keime (von den mit mathematischer Sicherheit
vorhandenen Läusen dieses Kindes mal abgesehen) an
einem Ball haften, der noch nie auch nur ansatzweise
saubergemacht wurde und sämtliche Kloaken der Stadt
kennt?

7. Das Freundliche und Verantwortungsbewusste in
Deinem Blick könnte sich auch von heldenhaft zu gefähr-
lich entwickeln. Die Amme meiner Mutter sagt, sie habe
schon erlebt, dass Jungen wie Du, wohlerzogen, fleißig,
sanft, aber mit einem beunruhigenden Flackern in den
Augen, sich von einem Tag auf den anderen in blutrünsti-
ge Verbrecher verwandeln. Und das alles macht mir
Angst, Kira (ich muss gestehen, dass dieser Punkt viel-
leicht der Hauptgrund dafür sein könnte, Dich zu ver-
lassen).

8. Das Gedicht, das den Titel Freitod. Von zutiefst
bourgeoiser Empfindsamkeit *trägt und Deinem Urur-*
großvater, Urgroßvater oder wem auch immer gewid-

met ist, stellt meiner Meinung nach den besten Beweis für das oben Erwähnte dar – für deine potenzielle Gefährlichkeit. Als ich es meinem Vater zum Lesen gab, lautete sein Kommentar: »Dieses Thema ist in unserer Fortschrittsgesellschaft doch längst überwunden, und das Problem ist gelöst. Warum muss dieser Junge zu den unreflektierten Handlungen dieser Höhlenbewohner von Ururgroßvätern zurückkehren?« Was mich betrifft, schmerzt es mich zwar, es auszusprechen, aber ich bin mit meinem Vater beinahe einverstanden.

9. Und dann gibt es da noch Deinen Bruder, auch er ein ziemlich abnormaler Typ. Du nimmst ihn immer zu Sachen mit, die wir beide eigentlich allein machen sollten. Es ist so peinlich, wenn Ihr zusammen seid, man sieht, dass Du unter seinem Pantoffel stehst, er behandelt Dich wie ein Kind oder ein Hündchen. »Kira, wir machen jetzt dies und das!«, und statt dass Du ihn darauf aufmerksam machst, dass auch ich da bin und meine Meinung nicht weniger zählt als seine, anwortest Du auf der Stelle: »Sicher Saschka, ganz so, wie Du willst.« Meine Mutter sagt, das könnte das Symptom einer ....
....
....
....
....

XXXIV.

Das vierte (und letzte) Verhör

»Erklären Sie uns, was zum Teufel Sie von diesem verschrobenen Forstweib wollen.«

»Das wäre zwecklos. Sie würden es nicht verstehen. Niemand kann es verstehen.«

»Sie war früher Kosmopolitin!«

»Sie ist eine hochintelligente Frau.«

»Außerdem interessierte sie sich für Frauen.«

»Sie wird ihre Meinung geändert haben.«

»Genau, und um sie zu ändern, hat sie darauf gewartet, dass Sie Ihren Karabiner auf sie richten.«

»Dieser Satz war vulgär, Genossen.«

»Hört, er redet von Vulgarität! Kommt das von der Liebe, dass Sie so empfindsam geworden sind, Almasow?«

»Kann sein.«

»Was sagt Ihre Frau zu dieser Geschichte? Ich kann mir vorstellen, dass sie Kosakentänze aufführt ...«

»Genau, die Geschichte bereitet ihr großes Vergnügen. Wie ich sehe, war der Tod der Genossen Stalin und Berja Ihrem Sinn für Humor zuträglich ...«

»Die Zeiten ändern sich, Almasow. Wenn wir noch im Jahr 37 wären, würden Sie mit Ihrer Schönen tatsächlich längst im Kellergeschoss der Lubjanka weilen.«

»Oh, für so wichtig haben Sie mich noch nie gehalten.«

»Nun gut, davon später. Klären wir lieber eine wirklich wichtige Sache. Was treiben Sie auf diesem Hügel, dem Ryschi Rog?«

»Es geht um die Kanalisation. Aber das ist inzwischen Schnee von gestern ...«

»Welche Kanalisation, Almasow? Wovon zum Teufel reden Sie?«

»Das Regionalkomitee weist seit Jahren mein Projekt für den Bau eines Kanalisationssystems in Miroslaw zurück.«

»Aber das berechtigt Sie doch nicht dazu, individuell zu handeln, finden Sie nicht?«

»Doch, aber ... aber ....«

»Aber aber aber – Ihr Gestotter ist wirklich unerträglich!«

»Und doch war es mein Glück.«

»Was, das Gestotter?«

»Genau.«

»Hören Sie, Almasow, es reicht. Sagen Sie uns jetzt, was der Ryschi Rog mit der Kanalisation zu tun hat.«

»Ich wollte ein Modell von Miroslaw in verkleinertem Maßstab bauen, mit Kanalisation und allem.«

»Als ob ein einziges verlaustes Miroslaw der Menschheit nicht reichen würde.«

»Ich dachte, dass das Regionalkomitee sich nur so überzeugen lässt.«

»Unser Miroslaw der Zukunft ist Ihnen also nicht gut genug, richtig?«

»Ich sage nicht, dass es nicht gut genug ist.«

»Wozu zum Teufel brauchen Sie dann ein zweites Miroslaw, Almasow?!«

»Ich sage nicht, dass es nicht gut genug ist, ich sage nur, dass es noch besser sein könnte …«

»Stimmt es also, dass Sie in Ihrem Notizbuch Thesen über einen neuen Sozialismus aufschreiben? Vielleicht einen ›freundlichen Sozialismus‹? Unseren Quellen zufolge haben Sie einmal mit dem Friseur Surin über diese neue Theorie gesprochen, während er Ihnen die Haare schnitt, und dann haben Sie sie vor der Klasse Ihres Sohns wiederholt, aber dort von ›Sozialismus der Gnade‹ gesprochen.«

»Nun ja, ich lasse meinen Gedanken manchmal gern freien Lauf. Aber nur für mich, rein zum Vergnügen. Was ist daran so schlecht? Bestimmt habe ich Surin gegenüber die eine oder andere Bemerkung gemacht, ich kann mich nicht erinnern. Es ist immer höchst unterhaltsam, mit ihm zu reden.«

»So so, höchst unterhaltsam?«

»Doch, ja.«

»So unterhaltsam, wie bei vierzig Grad unter null in eiskaltem Wasser zu baden, was?«

»Ach so, damals in Moskau. Ich wollte nur zwei der dümmsten Spione der Weltgeschichte beeindrucken, die mir auf der Pelle saßen.«

»Die beiden sind in der Tat nicht die Hellsten. Das ist nun mal so, die Aufgeweckten kann man nicht an einen Wirrkopf wie Sie verschwenden, Almasow. Wir stehen vor sehr viel bedeutenderen Herausforderungen, an allen Fronten …«

»Ich verstehe …«

»Nein, Sie verstehen nicht, Almasow!«

»Auch das verstehe ich…«

»Ich garantiere Ihnen, dass Sie das nicht verstehen, Almasow!«

»Einverstanden, ich verstehe es nicht. Darf ich jetzt gehen?«

»Ja, scheren Sie sich weg.«

XXV.

Die Flut

Er war gerade bei ihr, als jemand so heftig gegen die Tür hämmerte, dass sie fast aus den Angeln gerissen wurde. Olessia tappte im Dunkeln herum, suchte den Morgenrock und fragte dann, wer da sei. Eine keuchende Stimme antwortete: »Ich bin es, Iwan Lukitsch, der Leiter der Kolchose von Miroslaw. Ich suche Ingenieur Almasow.« Viktor, der bis zu diesem Augenblick noch im Halbschlaf dagelegen hatte, sprang augenblicklich auf und stürzte, nur mit der Schlafanzughose bekleidet, zur Tür. Als er sie aufriss und Iwan Lukitsch erblickte, der ein verstörtes Gesicht machte, vollkommen durchnässt war und bis oben schlammverdreckte Stiefel trug, sagte er: »Man kann euch keinen Augenblick allein lassen. Sag schon, was passiert ist!«

Iwan Lukitsch war ein schmächtiger Mann mit gezwirbeltem Schnurrbart und sanftem Blick, immer tadellos gekleidet, der Kragen der Militärjacke gestärkt, der Gürtel aus Leder. Er hielt große Stücke auf Viktor, traute ihm aber dennoch nicht ganz über den Weg. Er war für Normalität, Ingenieur Almasow verhielt sich für seinen Geschmack etwas zu unberechenbar. Was den Kolchosenleiter allerdings nicht daran hinderte, mitten in der Nacht zehn Kilometer zurückzulegen, um ihn zu holen.

»Viktor Bulatowitsch, der Fluss ist über die Ufer getreten. Die Brücke wurde weggeschwemmt. Wir müssen etwas unternehmen, das Vieh der Kolchose und vielleicht auch die Menschen sind in Gefahr.«

»Olessia«, rief Viktor von der Schwelle aus, »such meine Pelerine, den Mantel und die Stiefel. Ich muss los.«

Olessia hatte die Lampe angezündet und versuchte sich überflüssigerweise etwas herzurichten. Sie frisierte sich mit einer Haarnadel, zog ihre bauschige Männerhose an und machte sich dann im Zimmer neben der Wohnstube, das sie als Abstellkammer nutzte, auf die Suche nach der Pelerine.

»Immer dieser Regen, dieser verdammte Regen«, murmelte sie für sich, während sie die Kleidungsstücke, die am alten, hölzernen Garderobenständer hingen, eins nach dem anderen durchging.

»Olessia!«

»Einen Augenblick, Viktor!«

Das waren die letzten Worte, die sie zueinander sagten. Auf dem ganzen Marsch durch den Birkenwald und danach im Lastwagen der Kolchose, der ihn und Iwan Lukitsch am Straßenrand erwartete, hatte er das Bild Olessias vor Augen, wie sie in ihrer Pluderhose, den Gummistiefeln und dem verwaschenen, geblümten Kaftan auf der Schwelle stand, die Arme über der Brust verschränkt. Er hatte ihr einen flüchtigen Kuss gegeben, als Iwan Lukitsch sich weggedreht hatte, um loszumarschieren. Sie hatte ihm über die stoppelige Wange gestrichen und den Ohrenschutz seiner speckigen Filzmütze zurechtgezogen. Als er über den Vorplatz ging, drehte Viktor sich, kurz bevor er hinter Iwan Lukitsch in den Wald trat, noch einmal um und hob den Arm zum Gruß. Sie stand immer noch mit verschränkten Armen auf der nassen Schwelle und fächerte die Finger der einen Hand wie einen kleinen Flügel auf, und unmittelbar danach ließ ein Sturzregen den Vorhang fallen.

Ganz Miroslaw war in Panik. Die Angstrufe der Tiere, die Schreie der Menschen und das Prasseln des Regens vermischten sich und verliehen dem kleinen Dorf etwas Infernalisches. Am heikelsten war die Situation für den Zuchtbetrieb und die Ställe der Kolchose, die fast direkt am Fluss lagen. Viktor dachte an Alina und Schoschanna, die sich allein in ihrem einstöckigen Haus aufhielten, und fragte Lukitsch, ob der westliche Dorfteil in Gefahr sei. »Nein, dort gibt es keine Probleme.« Er überlegte, dass sein Vater, der erste Tierarzt in der Geschichte Miroslaws, mit diesem Haus wirklich eine gute Wahl getroffen hatte, obwohl ihn der damalige Kolchosenleiter gedrängt hatte, sich in der Nähe der Ställe niederzulassen. Und ein Glück, dass die beiden Jungen für den Sommer in der Hauptstadt geblieben waren.

»Iwan Lukitsch, ich brauche ein langes Seil und Haken für einen Flaschenzug, versuchen wir zu retten, was zu retten ist.«

Viktor schaffte es, die meisten Schweine außer Gefahr zu bringen, aber für die Mehrzahl des Großviehs konnte man nichts tun. Er hatte gerade noch ein Kalb in den notdürftigen Sack aus geteerter Plane stecken können und gab nun Iwan Lukitsch das Zeichen, am Seil zu ziehen, das am anderen, leicht ansteigenden Ufer sorgfältig an einem Baum befestigt war, als auf dem Dach der Scheune, die einst zu den Stallungen einheimischer Herrschaften gehört hatte, im etwas schwächer gewordenen, aber unaufhörlichen Regen ein Unglück geschah: Viktor fühlte sein Bewusstsein schwinden, es war ihm, als hätte ihn ein Pfeil getroffen, wäre ihm durch die Eingeweide geschwirrt und zu seinem Herz vorgedrungen, um dort, bis zu den Federn im Körper, stecken zu bleiben. Dann sah er noch, wie sich vor dem grauen, zerfließenden Hintergrund langsam die glasklaren Augen des eingewickelten Kalbes entfernten. Nur sein Kopf ragte heraus, es muhte schwach in Richtung Stall. Das war das letzte Lebewesen, das Viktor, immer verschwommener, zu Gesicht bekam, und es missfiel ihm nicht.

Nach einer Weile wurde der Regen wieder lauter, und das Muhen des Kalbes war nicht mehr zu hören. Viktor hoffte, es wäre am Ziel angekommen. Mühselig knöpfte er den Mantel auf, streckte Arme und Beine aus und ließ die Tropfen aus der Tiefe des Himmels auf sein Gesicht fallen und durch ihn hindurch in die Tiefe der Erde zurückkehren. Die Filzmütze rutschte ihm vom Kopf, fiel vom Dach und gesellte sich zu all den anderen Gegenständen, die im Wasser trieben.

Vom gegenüberliegenden Ufer her drang, wie aus weiter Ferne, regengedämpftes Rufen zu ihm: »Viktor Bulatowitsch! He, Viktor Bulatowitsch!« Es hielt ein paar Sekunden an, dann versank alles wieder im Rauschen des Wassers.

XXXVI.

Kein Ziel vergöttern

Ein paar Jahre nach dem Tod meines Vaters brachte Schenja, der Postbote, uns ein Paket, in dem sich ein Gemälde und das berühmte ledergebundene schwarze Notizbuch befanden.

»Dieses Weib«, sagte meine Mutter erbost.

Ich begutachtete das Bild. Es war ein Aquarell, auf der Rückseite stand mit Bleistift geschrieben der Titel: *Heimliche Reisegefährtin.* Darauf war ein einsamer Mann in einem Boot zu sehen. Der Himmel hing voller rauchfarbener Wolken, zwischen denen hier und da ein schwaches Violett aufschien. An dem ockerfarbenen Boot ließen dunklere Schattierungen einige geflickte Lecks erahnen. Der Mann hielt die Ruder über dem Wasserspiegel, sein Blick war auf den Horizont gerichtet, schweifte in die Ferne. Das Meer war ruhig, nur wenige Schaumkronen durchbrachen hier und da die granatapfelfarbene Farbe des Wassers.

»So so. Heimliche Reisekonkubine«, sagte meine Mutter und ließ mich mit dem Bild und dem Notizbuch allein.

Ich blätterte es durch. Es gab darin viele Pläne und Berechnungen, die ich nicht verstand. Dazu kam aber auch ein, sagen wir, lyrischerer Teil seiner Notizen, und das überraschte mich am allermeisten. Kira wäre begeistert gewesen. Doch bei diesem heimlichen Wiedersehen mit unserem Vater war nur ich zugegen. Und natürlich die heimliche Reisegefährtin.

Ich hängte das Bild an der Stelle eines nichtssagenden Stilllebens auf, das Sina Makarowa damals Kira zum Geburtstag geschenkt hatte. Keiner von uns beiden feierte gern irgendwelche Geburtstage, doch damals waren wir auf Sinas Drängen hin zuerst ins Kino gegangen und dann in ein von ihrem Vater empfohlenes, angesagtes Lokal. Wir leisteten uns eine Flasche Champagner und brauchten alles Geld, das uns Viktor geschickt hatte, bis auf die letzte Kopeke auf, und am Ende des Abends zog sie dieses scheußliche Bild aus der Tasche.

»Ein echter Antonow«, sagte sie. »Übrigens ein Verwandter von uns. Mein Vater sagt, dass der als Künstler noch groß rauskommt und seine Bilder in Europa ein Vermögen wert sein werden.«

Sie klatschte begeistert in die Hände und streckte Kira kokett eine Wange hin. Er dankte und küsste sie direkt unter das Auge. Nach diesem Abend verschwand Sina. Sie kam nie wieder in den Klub der Freunde der Poesie und nahm keine Anrufe von Kira mehr entgegen. Als hätte jenes Bild den Bruch vollzogen, als hätte die junge Frau sich gesagt: Jetzt schenke ich ihm dieses grässliche Ding, und wenn der Einfaltspinsel das Geschenk annimmt, habe ich einen guten Grund, ihn zu verlassen. Das war etwa einen Monat, bevor mein Vater starb.

Als wir es erfuhren (Telegramm von Tante Schoschanna: *Überschwemmung. Schlimmes Unglück. Miro-*

slaw trauert. Erwarten euch), verließ Kira das Bett tagelang nicht. Durch das Laken sah ich seine spitzen
Schulterblätter zucken, nachts hörte ich, wie er sich in
Krämpfen wälzte und immer wieder das Gesicht frei-
legte, um nicht zu ersticken. Mehrmals bat ich unsere
Nachbarin, die Krankenschwester, nach ihm zu sehen,
aber sie sagte, sie sei sehr beschäftigt. Bei der Beerdigung war Kira nicht dabei. Er blieb mit vierzig Grad
Fieber in Moskau.

Er kam zwar langsam wieder zu Kräften, doch das
eine Jahr, das ihm noch blieb, war farblos und traurig.
Ein einziges Mal kehrte er nach Miroslaw zurück, ver-
brachte aber die ganze Zeit schreibend in seiner Kammer. Er aß kaum etwas und immer allein. Geriet stän-
dig in Wut über Schoschanna, weil sie seine Sachen
anfasste und ihm mit ihrem Gejammer auf die Nerven
ging. Mehrmals versuchte ich, mit ihm zu reden, aber
es nützte nichts. Zu Beginn traf mich das sehr, aber
dann beschloss ich, ihn einfach in Ruhe zu lassen.

Ich hatte mich da gerade in ein schönes Mädchen
aus Miroslaw verliebt, Ljuda, die Tochter des Kolcho-
senleiters Iwan Lukitsch. Das Regionalkomitee hatte in
unserem Dorf eine Bibliothek eröffnet und sie als Bibliothekarin angestellt. Dorthin gingen wir, als ich Kira
endlich einmal überzeugen konnte, das Haus zu verlassen. Wir plauderten und scherzten herum. Dann fragte
er, ob unter den Büchern auch Pascals *Gedanken* zu finden seien. Ljuda trat zu einem der höchsten Regale und
zog, nachdem sie Hilfe gefordert und auch bekommen
hatte (»Heb mich mal kurz hoch, Sascha!«, »Genug, lass
mich jetzt runter. Du sollst mich runterlassen, habe ich
gesagt!«), ein mittelgroßes Buch hervor und streckte es
ihm hin.

Am Abend auf dem Weg nach Hause sagte Kira: »In Bezug auf Sina hast du recht gehabt. Ich hoffe, dass ich bei Ljuda ebenfalls recht habe: Sie ist ein wahrer Schatz.«

Drei Jahre nach dem Tod meines Vater und zwei nach Kiras Tod heirateten wir. Als ich endgültig aus Moskau zurückkehrte, begann sie in einer der beiden Schulen von Miroslaw zu unterrichten (es gab inzwischen zwei, und nicht viel später wurden es drei), wie sie es sich immer gewünscht hatte. So meldete ich mich für ihre Stelle in der Bibliothek.

Hinter jener Theke aus Tannenholz habe ich mitten im Staub der Bücher über vierzig Jahre meines Lebens verbracht. Und in dieser ganzen Zeit gab es keinen einzigen Tag, an dem ich nicht im Notizbuch meines Vaters geblättert hätte, nicht an ihn und meinen Bruder gedacht hätte, und an meine Mutter, die einige Monate nach der Geburt unserer einzigen Tochter, Natalia, an Krebs starb. Zehn Jahre nach jener Flut, die den Bewohnern von Miroslaw noch für lange Zeit im Gedächtnis haften blieb.

Ein paar Passagen aus dem Notizbuch meines Vaters Viktor Bulatowitsch Almasow:

Erste Maßnahme: die Front identifizieren. Zweite: den Feind identifizieren. Nihilismus. Die für alle groß angelegten menschlichen Projekte geltende architektonische Vorarbeit. Ich bin, aber ich besitze mich nicht. Ich bin, aber etwas fehlt mir. Mein unheilbarer Heliotropismus. Von einer guten Freundin habe ich gelernt, dass man kein Ziel vergöttern soll. Wahrscheinlich mache ich aber genau das, das heißt, ich vergöttere weiterhin meine Freundin. Und solche Dinge.

★

Mein Vorschlag wäre eine echte, ungezähmte sozialistische Universalrepublik. »Statische« Transzendenz.

★

Eine Republik, in der niemand sein Brautkleid verkaufen muss, um sich einen Kinderwagen anzuschaffen. In Wirklichkeit weiß ich nicht genau, warum. Vielleicht hängt es mit dem zusammen, was ich geträumt habe.

★

Schmerz sollte nie Kind gewesen sein.

★

Gestern haben Dimitri und ich in der Nähe des Bahnhofs folgende Szene beobachtet: Ein kleines Mädchen in einem abgetragenen, gelben Kleid streckt einem alten Mann auf einer Sitzbank einen Apfel entgegen, der sich schon rostbraun verfärbt hat. Er, unter dem Kinn die Hände, unter den Händen ein Stock, blickt das Mädchen neugierig an. Dann sucht er etwas in seiner Hosentasche, zieht es hervor und gibt es ihr – es ist ein Holzpferdchen. Das Mädchen lächelt. Mit Mühe beißt er in den Apfel und lächelt nun seinerseits, vom Alter verblichen, ausgetrocknet, wie er ist, dem Mädchen zu. Sie haben der Zeit und ihren Unterstellungen ein Schnippchen geschlagen.

★

Eine Stadt auf einem Hügel. Vor blauem Hintergrund.

★

Hier, wo ich als Kind gespielt habe, verschwinden meine Zweifel.

★

Aus den Bürgerkriegsgeschichten meines Onkels Aljoscha

Spätnachts erreichten wir die Stadt Kutaissi. Im Schein des Mondes, der an einen eingewachsenen Fingernagel erinnerte, blickten uns düster die Überreste einer alten Kathedrale entgegen. Dickflüssig und zäh floss der Rioni dahin, wie eine schwermütige heimatlichen Melodie, und als wir vier an der Einmündung der Straße, die in die Berge führt, die Stellung erreichten, die man uns zugewiesen hatte, stieg ich als Erster von meinem Braunen, band ihn an einen der Bäume in der Nähe, stieß mit der Stiefelspitze die Tür des Verschlags auf und drehte mich, da ich ein behagliches, nicht allzu schmutziges Plätzchen erspäht hatte, zu meinen Gefährten um: »Orlow, Afonka und du, Malysch, verschont mich mit eurem üblichen dummen Zeug. Heute Nacht will ich schlafen.«

»Da hätten wir es wieder mal«, brummte Malysch, der Achtzehnjährige, sah sich um und spuckte aus. »Wenn es hier wenigstens ein paar Frauen zu bespringen gäbe.«

»Hört den Dummkopf«, lachte Afonka. »Versuch nur mal, eine Frau von denen anzufassen, diese Gebirgler murksen dich doch gleich ab.«

»Die Gebirgler sind mir so was von egal«, sagte Malysch, drehte sich weg und pinkelte in einiger Entfernung an einen Felsbrocken, der an den Rücken einer alten Megäre erinnerte.

Mein Brauner wieherte, rieb die Nüstern am Boden. Aus einer Ecke des Verschlags zog ich etwas feuchtes Heu hervor und warf es ihm hin.

»Man könnte meinen, es sei ein Kabardiner...«, spöttelte Orlow und warf mir einen schiefen Blick zu, wäh-

rend er auf dem Platz vor dem Verschlag auf und ab ging.

»Malysch, tränke die Pferde und nimm das Zaumzeug ab«, rief ich in Richtung seines zusammenzuckenden Rückens und fügte an: »Wenn ihr es wagt, mich zu wecken, kriegt ihr eine Kugel zwischen die Augen.«

»Alle dir zu Befehl«, sagte Orlow, der sich inzwischen bei der Tür auf seinen Lumpen ausgestreckt hatte, und fletschte die Zähne.

»Wir kümmern uns schon«, sagte Afonka gutmütig, nahm einen Schluck Wodka aus der Feldflasche und reichte sie an Orlow weiter.

»Sehr gut«, antwortete ich aus meinem Verschlag.

Ich legte den Mantel auf eine Schicht Heu und streckte mich darauf aus wie eine Raubkatze nach der großen Jagd. Als ich den Blick hob, sah ich, dass das Dach an einer Stelle eingestürzt war: Im Vollmond erahnte man die Hüften einer Frau. Ich bekam Lust auf Tabak, auch der Hunger meldete sich und verschmolz mit der Müdigkeit und der Einsamkeit und dem Bild dunkler, weiblicher Feuchte. Ich quälte mich eine Weile und fiel dann nach einem zehntägigen Gefecht vor den Toren Michailowos zum ersten Mal in einen satten Schlaf.

Dann weckten mich die hellen Töne des Liedes, das Orlow immer anstimmte, wenn er sich anschickte, einem Schuft eine Kugel durch den Schädel zu jagen: »Holla, meine Schöne wartet schon am Scheunentor. Holla, ich muss eilen, sonst kommt mir der General zuvor.« Durch den Riss im Dach sah ich nur noch ein paar matte Sterne.

Ich warf mir einen Mantel über und stürzte barfuß nach draußen. Hinter der baufälligen Kuppel der Kathedrale stieg schon blasse Helligkeit herauf. Ich konnte im Halbdunkel nur Afonka erkennen, der, an einen Baum gelehnt, selig schnarchte wie ein Wucherer nach der Eintreibung von bereits verloren geglaubtem Geld. Orlows Gesang, der vom einschläfernden Geräusch des Wassers begleitet war, kam vom Fluss her.

»Was ist diesmal passiert?« Ich schüttelte Afonka.

Dieser riss sofort die Augen auf. »Du hast gesagt, wir dürften dich nicht wecken...«, stotterte er und wischte sich den Speichelfaden weg, der ihm aus dem Mund hing. »Es ist jemand vorbeigekommen, ein Hirte.«

»Und dann?«

»Er hat gesagt, er sei Hirte. Er kam aus den Bergen und wollte in die Stadt...«,

»Und dann?«, insistierte ich.

»Und dann nichts«, sagte er, »wir haben ihn ziehen lassen.«

»Aber wen haben Orlow und Malysch zum Fluss begleitet?«

»Ihn.«

»Wen?«

»Den Hirten«, sagte er. »Im Weitergehen ist er gestolpert, und da ist ihm eine Brille aus der Tasche gefallen...«

Vom Fluss stieg lichter Nebel auf, wie in Fasern zerteilt von Orlows »Holla meine Schöne«. Mein Brauner gab ein schwaches Wiehern von sich.

»Wegen der Brille habt ihr ihn schließlich doch nicht gehen lassen?«, rief ich.

»Ich habe nichts damit zu tun«, sagte Afonka schulterzuckend, »Orlow war es, der gesagt hat, dass Hirten keine Brillen tragen und der Mann folglich ein weißer Schweinehund sein muss.«

Ohne ihm weiter zuzuhören, raste ich den Abhang hinunter, in der Hand die Stiefel, die ich bei einem kurzen Zwischenhalt mehr schlecht als recht anzog. Bei jedem

Schritt klirrten die Sporen und schimmerten unheilvoll wie die bleiernen Zähne der Oberhäupter gewisser asiatischer Stämme. Dann ließ ich einen Schrei durch die feuchte, klumpige Luft gellen. Orlow aber spottete und sang immer noch, den Kopf schräg gelegt, und hielt die Mündung des Karabiners an die Wange eines Jungen in Hirtenverkleidung.

»Orlow, hör auf, du Schuft!«

»Ich erledige nur meine Arbeit.« Er wandte den Kopf und warf mir einen flüchtigen Blick zu.

»Du sollst aufhören, sage ich.«

Malysch, der Achtzehnjährige, hielt sich etwas abseits, die Arme auf einem angewinkelten Knie aufgestützt, und brummte amüsiert: »Herrjemine, dem fliegt gleich das Hirn weg.«

Orlow hielt immer noch den Kopf schief und sang »Holla, meine Schöne«.

Ich verfluchte mich dafür, dass ich meine Mauser oben gelassen hatte, hastete, außer Atem und schwitzend, ein paar Schritte weiter und war höchstens noch zwei Meter von ihnen entfernt, als der Schuss losging und dem Jungen, der wohl nur ein paar Jahre älter war als Malysch, die rechte Gesichtshälfte wegriss, und Orlow mit seinem Lied aufhörte, weil ihn der Rückstoß im leicht abschüssigen Gelände taumeln ließ. Der Junge fiel nach einer halben Drehung kopfüber zu Boden.

Der Fluss Rioni mit seinem uralten, unermüdlichen Herz zog dahin, mit Schaumkronen wie Fischschuppen. Hinter den Bäumen am anderen Ufer erschien der Mond, beleuchtete Orlows noch bebende Hand und die Gläser der Brille des Toten, die zur Hälfte sichtbar in seiner Jackentasche steckte. Der Mond erreichte auch Malyschs Zähne, gebleckt wie bei einem Totenkopf, und den Körper *des Jungen, der dalag, als wäre er von einem Pferd aus dem Sattel geworfen worden.*

Ich verharrte ein paar Sekunden, trat dann ans Wasser, wusch mir die Blutspritzer von Gesicht und Hemd, drehte mich um und sagte: »Begrabt ihn und kommt mir nach.«

»Ein Hirte mit Brille«, sagte Orlow und spuckte aus.

»Herrje, dem ist das Hirn weggeflogen«, sagte Malysch.

XXXVII

Der letzte Tag eines dilettantischen Fallschirmspringers

8.30 Uhr

Er wacht auf, schlurft in die Küche und isst ein Stück trockenes Brot. Durchsucht die Anrichte erfolglos nach etwas anderem. Geht mit einem Handtuch in den Flur, klopft an die Tür des Gemeinschaftsbades und wartet, ob jemand Antwort gibt. Niemand gibt Antwort. So öffnet er die Tür, tritt ein und schließt ab. Verplempert dort etwa eine Stunde. Entfernt mit einer Klinge eine kaum sichtbare Schicht Härchen vom Kinn. Betrachtet sich im kleinen, quadratischen, an einer Ecke schwarz gefleckten Spiegel und bemerkt die Ähnlichkeit seiner Brille mit einer Fliegerbrille. Er hätte Flugzeugpilot werden sollen, oder Fallschirmspringer. Dann nimmt er die Brille von der Nase, legt sie auf das Waschbecken. Sieht zur Badewanne mit ihrem gelben Grund. Sie kommt ihm vor wie ein eiskaltes Stück Marmor. Setzt die Brille wieder auf. Schafft es nicht, sich zu waschen, die Badewanne passt ihm nicht, sich nackt zu sehen, passt ihm nicht, nichts passt ihm.

9.45 Uhr

Er zieht sich an und nimmt zwei Bücher vom Küchentisch. *Essais* von Montaigne und eine Biografie von Lermontow. Will gerade gehen, als ihm auf der Schwelle noch etwas einfällt. Kehrt in die Küche zurück, legt die Bücher wieder dort ab, wo er sie hergenommen hat, und gießt die Aloe auf dem Fensterbrett mit Leitungswasser. »Für einen Monat ist sie versorgt«, sagt er kaum hörbar und geht mit den Büchern zur Tür. Lässt den Schlüssel wie üblich unter der Fußmatte liegen.

10.22 Uhr

Er sitzt im Bus, hält die Bücher fest umklammert und schaut aus dem Fenster. Sieht einen lahmenden Hund vor dem Zirkus, eine Blumenverkäuferin, die jeden Passanten anspricht, um ihren letzten, welken Blumenstrauß loszuwerden, einen schweren Lastwagen, der in aller Lautstärke einen zögernden, leicht hinkenden Mann anhupt, der die Straße überqueren möchte. Am Fenster eines vornehmen Gebäudes zieht jemand gerade die Vorhänge auf. Ein leicht schief aufgehängtes Plakat an einer Hauswand kündigt den Film *Andrijesch* an: Auf dem Bild ein dunkeläugiger Junge, der Hirtenflöte spielt, doch der Mann hinter ihm lässt mit seinem bösen Stirnrunzeln schon erahnen, dass seine Flöte bald verstummen wird. Er steigt an der Haltestelle der Universität aus.

11.10 Uhr

Er gibt der Bibliothekarin die Bücher, sie radiert im Verzeichnis unter seinem Namen einen Eintrag aus und wendet sich zügig der jungen Frau nach ihm zu. Verlässt die Bibliothek, im Park hebt ein Kommilitone die Hand zum Gruß und kommt ihm entgegen. Es ist Gluchin, ein Doktorand der Philosophie. »Na, wie fühlen wir uns heute, Florensow?«, fragt er und streckt ihm die Hand entgegen. »Nicht besonders.« Gluchin hört es nicht, seine Gedanken sind woanders. »Hast du in der gestrigen Ausgabe der Universitätszeitung meinen Artikel über Kierkegaard gelesen?« Kira hatte die ersten drei Zeilen gelesen und die Zeitung dann weggeworfen. »Ja.« »Und, was meinst du dazu?« »Ich meine, dass du Kierkegaard behandelst wie einen Kommilitonen, der sich am nächsten Tag in der Zeitung verteidigen kann.« Der Philosoph macht Stielaugen. »Alles in Ordnung, Florensow?« »Alles wunderbar. Es ist kein Kunststück, jemanden anzugreifen und zu zerpflücken, der nicht so darauf reagieren kann, wie ein Schwein wie du es verdienen würde, Gluchin.« Gluchin traut seinen Ohren nicht, aber bevor er sich vom Schlag erholen kann, ist Kira schon weit weg.

12.05 Uhr

Er sitzt auf einem harten Schemel vor seinem Großvater Gawril. Die Krankenschwester hat ihn ermahnt, den alten Mann im Schaukelstuhl nicht zu sehr anzustrengen. Wo das rechte Bein sein sollte, ist Leere. »Großvater, ich bin Kirill, der Sohn deines Sohnes Dimitri. Ich bin dein Enkel.« Der Mann blickt ihn mit glasigen Augen an, schaukelt, aus dem Mundwinkel rinnt ein Speichelfaden, er nuschelt: »Ich habe auf dich gewartet.« Die Augen des Jungen beginnen zu leuchten. »Wirklich, Großvater?« Der Alte versucht, den Rücken gerade zu richten. Der Enkel rückt mit dem Schemel näher heran, hält ihm das Ohr hin. Der Mann hält kurz an, versteift sich und flüstert: »Hast du die Munition mitgebracht?« »Welche Munition?« »Ohne Munition kann ich den Westflügel nicht angreifen.« Er schaukelt wieder. Kira schweigt. Wird nichts mehr sagen.

12.47 Uhr
Er betritt das imposante Gebäude der Post und schickt ein Telegramm nach Miroslaw. Für Alexander (Sascha) Almasow. *Bald an unserem Ort. Kennst Aufgabe. Entschuldige. Kira.*

13.24 Uhr
Der botanische Garten ist fast menschenleer. Nur eine alte Frau sitzt auf einer Bank und wirft den Tauben Schalen von Sonnenblumenkernen zu, die sie aus einer Papiertüte fischt. Kira steuert auf den See zu. Geht daran vorbei. Der Tag ist grau. Später wird es vielleicht regnen. Oder auch nicht. Ihr Lieblingsplatz ist ein kleiner, von einem Kreis Tannen umschlossener Pavillon. Er bleibt eine Weile stehen, schaut sich um, geht dann weiter. Etwas abseits steht eine Eiche mit bis zum Boden reichenden Ästen. Vielleicht ist das der passende Baum. Der Stamm ist kräftig, das Astwerk ebenso. Einen halben Meter über seinem Kopf erspäht er einen schön robusten Ast, der perfekt ist. Er schafft es, hinaufzuklettern, lässt die Beine beidseitig herabbaumeln. Tut kurz so, als würde er darauf reiten. Befindet ihn für genügend solide. Zieht einen Strick aus der Hosentasche, den er seit einer Woche mit sich trägt. Das eine Ende schlingt er um den Ast, zurrt es fest wie einen Sattelriemen und macht einen engen Knoten. Mit dem anderen Ende macht er eine Schlaufe und zieht sie sich über den Kopf.

14.09 Uhr

Er hält einen Moment inne. Nimmt die Brille von der Nase und hängt sie an einem Bügel über einen Ast, der auf der anderen Seite aus dem Stamm wächst. Zieht das linke Bein auf den Ast hoch, auf dem er sitzt, vereinigt es mit dem rechten und nimmt die Pose eines Fallschirmspringers bei seinem ersten Sprung an. Das Seil bewegt sich, streift über die Rinde. Die Flechten, die aus den Rissen herauswachsen, färben ab. Der Baum gibt ein leichtes Knarren von sich. Er lässt sich fallen.

XXXVIII.

Der Postbote

Ich kauerte im Hof und untersuchte gerade mein Motorrad, eine Dnepr M-72, die mich am Tag zuvor mitten
auf der Straße im Stich gelassen hatte, mit noch prall
gefüllter Posttasche, als dieser Mensch kam und mir
von oben herab einen Umschlag und Geld hinstreckte.
Den müsse ich Schoschanna Sokratowna aushändigen,
der Witwe Florensowa, sagte er. Ich wischte mir die öl-
verschmierten Hände ab, nahm den Brief und die fünf
Rubel und steckte beides in die Hosentasche. Dann zog
ich mein Gebiss hervor (im Krieg habe ich drei Viertel
meiner Zähne verloren, ein Deutscher schlug sie mir
mit dem Kolben seiner MP-40 aus), brachte es mit einer
Ruckbewegung des Kiefers in die richtige Position und
sagte: »Und wenn das jemand merkt? Du weißt, dass es
dann Scherereien gibt.«

»Tu es einfach.«

Ohne weitere Worte machte er sich wieder auf den
Weg, so vorsichtig auftretend, dass man meinen konnte,
er wolle das Gras schonen, mit dem der asphaltierte
Vorplatz durchsetzt war. Der junge Mann war irgend-
was zwischen normal und sonderbar. Er drehte sich
noch einmal um, als das hölzerne Tor knarrte.

»Lass es offen«, rief ich.

»Wenn du willst, bringe ich es in den nächsten Tagen in Ordnung.«

Ich suchte einen Lappen, um die Hände besser abzutrocknen, und machte zwei Schritte in seine Richtung.

»Ich kriege das selbst hin, danke. Du sieh mal lieber zu, dass du mir keine Scherereien bereitest. Ihr habt sie in eurer Familie im Blut, die Scherereien. Und auch den Verrat.«

Er stand ans Tor gelehnt da und fuhr, statt mich anzusehen, mit dem Finger über die ausgeblichene Farbe eines auf der Straßenseite eingeschnitzten Blumenmotivs.

»He, Junge, hast du mich gehört?«

In diesem Moment trat meine Frau mit einem Eimer in der Hand aus dem Haus, um Dalila, unsere Kuh, zu melken. Sie warf ihm einen scheelen Blick zu und murmelte einen Gruß. Er reagierte nicht, setzte ruhig seine Inspektion fort und sagte: »Bis zum Jahr siebzehn lebte hier die Familie eines reichen Kaufmanns. Lass es nicht verkommen, es wäre schade drum.«

Ich machte nochmals einen Schritt in seine Richtung.

»Hör zu, mein Junge, ich habe deinen Vater gekannt, Viktor Bulatowitsch, und muss sagen, dass er ein eigenartiger Mensch war, doch du scheinst ihn an Eigenartigkeit noch weit zu übertreffen...«

Da würdigte er mich endlich eines Blickes: Kein Fünkchen Bosheit fand ich darin, es war ein Blick wie viele andere auch, und doch lag etwas darin, das ich nicht deuten konnte. Es musste etwas mit dem Brief zu tun haben, dessen war ich mir sicher. Gerade kam meine Frau mit einem kaum schwereren Eimer aus dem

Stall zurück und schimpfte: »Dieses Luder hat sich wohl geschworen, uns höchstens einen halben Liter zu geben.«

Als sie sah, wie wir beide dastanden, ich diesseits, er jenseits des Tors, er groß gewachsen, während ich ihm nur knapp bis zu den Schultern reichte, und beide ein wenig angespannt, rief meine Frau: »He, ihr beiden, ist was bei euch?«

Er antwortete: »Nein, alles in Ordnung, ich gehe jetzt. Auf Wiedersehen.«

Und zog davon. Selbst seine Art zu gehen war mir unangenehm, sein Rücken, seine Schultern, die Art, wie sie die Luft wegschoben und hinter sich eine Art Unordnung hinterließen.

Ich kehrte zu meinem Motorrad zurück, bückte mich über den Kettenantrieb und spürte, wie sich die Ecke des Umschlags in meinen Oberschenkel bohrte. So zog ich ihn heraus und betrachtete ihn. In der Mitte stand in Kurrentschrift der Name der Empfängerin: *Schoschanna Florensowa, Dserschinski-Straße 24, Miroslaw, Provinz S.* Oben links der Absender – *Kirill Florensow, Oktjabrskaja 3, Bogotol, Krasnojarsk,* und in der gegenüberliegenden Ecke prangten zwei grüne Dreiviertelprofile von Lenin.

Ich fragte mich, was der verweichlichte Sohn der Witwe Florensowa wohl in Krasnojarsk zu suchen hatte. Was hatten diese beiden Nichtsnutze in Moskau angestellt? Allzu viele Gedanken verschwendete ich aber nicht daran. Man braucht ja nur an die Väter zu denken und weiß schon, wo die Söhne enden werden. In der Hölle. Ungeduldige, unruhige Leute wie sie, die ihren Platz in der Welt nicht finden können, werden schließlich in der Hölle fündig. Darauf kann man sich verlassen.

»Schenja, die Milch ist bereit, worauf wartest du noch?«

Ich nahm das Gebiss heraus und steckte es zusammen mit dem Brief zurück in die Hose. Dann warf ich einen Blick auf die fünf Rubel, die mir der junge Mann gegeben hatte, stopfte sie in die andere Tasche und ging zum Haus. Der Gedanke an die Tasse frisch gemolkene Milch lenkte mich von den unerklärlichen Dingen ab, die sich selbst im ruhigen Leben eines Postboten ereignen können.

XXXIX

Blaue Wildlederschuhe

Zum Glück regnete es nicht in jener Nacht. Sascha
(diesmal muss ich von ihm in der dritten Person erzählen) kam am darauffolgenden Morgen an und ging vom
Bahnhof direkt zum botanischen Garten. In seinem
Körper, einem wandelnden Gefäß, staute sich eine
stoffliche, flüssige Angst. Ein Kern aus etwas bisher
Festem hatte sich aufgelöst und durchflutete ihn, wie
der Saft einer Pflanze, dessen chemische Zusammen-
setzung unbekannt ist, und selbst vom Speichel hatte
er das Gefühl, er wäre an irgendeiner todbringenden
Drüse abgezapft worden. Als er auf den Pavillon zu-
ging, sah er nichts Ungewöhnliches, und das Grauen
ließ ein wenig nach. Zwanzig Schritte später jedoch ge-
wann die Angst die Oberhand, wurde lähmend: Unter
den langen Ästen eines Baums erkannte er undeutlich
zwei blaue Wildlederschuhe. Die Eiche sah aus wie für
den Jahrmarkt herausgeputzt, mit einer langen, fran-
sigen, grünen Schabracke und den Schuhen, die ihm
wohlbekannt waren, weil er ein gleiches Paar besaß.
Schoschanna und Alina hatten sie irgendwo aufgetrie-
ben, wie es nur Frauen vermögen, und sie ihnen zusammen im selben Paket mit Antonowka-Äpfeln aus

ihrem Garten geschickt. Für ihn Größe vierundvierzig, für Kira einundvierzig. Keiner von beiden hatte sie je getragen.

Später konnte er den Moment, in dem er sich jenem Baum genähert hatte, nicht mehr rekonstruieren. Als ob es keine Distanz gegeben hätte zwischen der Stelle, von der aus er die Schuhe bemerkt hatte, und der Stelle unter der Eiche, von der aus er den ganzen Körper sehen konnte. Zuerst war er hier gewesen, dann plötzlich zwanzig Meter weiter drüben, ohne jegliches Bewusstsein dafür, überhaupt Schritte zurückgelegt zu haben.

Was da am Ast baumelte, war eine plumpe Puppe, deren Hülle dem auf dem falschen Kontinent niedergegangenen dilettantischen Fallschirmspringer von keinem Nutzen gewesen war. Zudem waren die Schuhe denkbar ungeeignet: klobig, zu sauber und dazu aus Wildleder (wer käme schon auf die Idee, blaue Wildlederschuhe zu tragen, um von irgendwo hinunterspringen und irgendwo anders anzukommen?), mit nachlässig gebundenen Schnürsenkeln, rechts hingen sie fast lose hinunter.

Er trat noch näher heran, ging auf ein Knie und machte sich langsam und sorgfältig an den Schuhbändern zu schaffen: Zuerst nahm er sich die weniger lockeren vor, dann packte er die beiden anderen, die aussahen wie zwei kleine Nattern, und band sie mit der Fertigkeit eines Weltmeisters im Schuhbinden zu. Dann stand er wieder auf, wischte den Dreck von der Hose und blickte sich um – einerseits, um sich zu vergewissern, dass niemand da war, andererseits um etwas in der Art einer Schaufel zu finden.

Er grub schließlich von Hand, wie ein Roboter. Immer wieder überflutete ihn der Geruch der frischen, lehmigen Schollen. Seine Kräfte reichten nur für eine Grube von weniger als einem Meter Tiefe. Er hätte den giftigen Pflanzensaft abfließen lassen wollen, hätte weinen wollen, doch wie einem gekränkten Kind, das die Ursache seiner Kränkung noch nicht ausmachen kann, gelang es ihm nicht, den unwirklichen Schleier zu zerreißen, der über dem verschlafenen Park hing. Selbst die Zahnschmerzen, die ihn seit einigen Tagen quälten, fühlte er erst wieder, als er den Körper vom Ast genommen und sorgfältig in die Grube gelegt hatte. Irgendetwas begann in seinem Kopf Gestalt anzunehmen, nachdem ein bisschen Erde in Kiras halb offenen Mund gefallen war. Feindselig sah er den toten Körper an, er hatte das Gefühl, ihn beim Essen von Schokolade oder Himbeermarmelade ertappt zu haben, die Kira besonders geliebt hatte. Am Himmel jagten sich die Wolken, feiner Regen setzte ein, er musste sich sputen. Und plötzlich, ohne viel zu überlegen, stürzte er sich auf ihn. Schüttelte ihn, ohrfeigte ihn, hatte den Drang, ihn zu würgen, den Strick noch enger zu ziehen, dann aber fielen ihm dicke Regentropfen auf den Kopf, auf die Nase, auf die Hände, und er begriff, dass er eben aus einer Vergangenheit herausgekrochen war und nun blindlings in ein Gewitter geriet.

Er schaffte es gerade noch, ihn zuzudecken. Ihm ging durch den Kopf, dass der Tag somit bewältigt war und das, was von ihm übrig war, ohne besondere Anstrengungen weggeräumt werden konnte. Eigentlich hatte er die Brille nicht anrühren wollen, doch jemand hätte sie finden und Verdacht schöpfen können. So nahm er sie und zertrümmerte sie mit einem großen Stein. Dann machte er sich auf den Weg und ließ den in nassen Nebel gehüllten grünen Park in dem Bewusst-

sein hinter sich, dass er nie wieder einen Fuß hinein-
setzen würde.

Draußen fühlte er nagenden Hunger. Er ging direkt
in die Universitätsmensa, konnte aber nichts essen,
weil ein arroganter Koch es fertigbrachte, sich einen
Zahn ausschlagen zu lassen. Daraufhin eilte er zum
Bahnhof und nahm den ersten Zug Richtung Heimat.
Sein restliches Geld gab er für eine Flasche Cognac
und ein Kilogramm geröstete Sonnenblumenkerne aus.
Unterwegs beschäftigte er sich mit nichts anderem, als
zu trinken, zu knabbern und die Schalen zum Waggon-
fenster hinauszuwerfen.

Zurück in Miroslaw, erzählte er, Kira und zwei seiner Kommilitonen hätten sich mit einer Samisdat-Pu-
blikation Scherereien eingebrockt, und man würde
wahrscheinlich für längere Zeit nichts über ihr Schicksal erfahren. Schoschanna und Alina baten schluch-
zend um nähere Erläuterungen, doch Sascha vermochte nichts Genaueres zu sagen – man wusste ja, wie
solche Dinge liefen.

Unterdessen nahm er seine Arbeit als Bibliothekar
auf. Hinter jener Theke kam ihm irgendwann auch die
Idee mit den Briefen. Während Tagen studierte er Kiras
Handschrift, trotzdem war sein erster Brief noch nicht
das Werk eines erstrangigen Fälschers. Aus Sibirien
musste er kommen, der Brief, und er musste echt wirken. Deswegen ging er zum Postboten und gab ihm
fünf Rubel. Später noch einmal fünf Rubel, immer wieder. Er begann, Briefmarken zu sammeln. In seinen
vermeintlichen Briefen erzählte Kira interessante Dinge und riet seiner Mutter davon ab, ihm zu schreiben –
ihre Antworten würden ohnehin nie an den Bestim-
mungsort gelangen. Als er nicht mehr wusste, was er

noch erfinden konnte, ließ sich Sascha von allen möglichen Briefsammlungen der russischen Literatur inspirieren. Meistens schrieb er einfach Briefe ab, die er in Büchern aus dem Bestand der Bibliothek fand. Sie waren auf einem Tisch im Gribojedow-Raucherzimmer aufgestapelt, er verließ sich auf seinen Spürsinn und trieb jeden Tag mindestens ein, zwei geeignete Auszüge auf. Beim letzten Mal hatte er beispielsweise einen Autor aus dem frühen 20. Jahrhundert bemüht.

Ja, ich bin wie verjüngt, meine Augen lügen mit leuchtender Klarheit, ich bin wie ein Zigeunerpferd auf dem Jahrmarkt... Um es poetisch auszudrücken: Eine ganze Nacht lang schlief die Schlange in den Blumen, aber wem ist das morgens schon bewusst? Im Brief davor hatte er hingegen bei einem großen Exilschriftsteller geplündert: *So verzeih, wenn ich Dich langweile, aber irgendwie wollen mir die kahlen Äste und Zweige nicht gefallen, die ich von meinem Fenster aus sehe.*

Nur einmal kamen sie und fragten nach Kira, und als Schoschanna sagte, sie könnten sich das Theater sparen, sie wisse ja, dass sie hinter dem Verschwinden ihres Sohnes steckten, kapierte der junge Polizist überhaupt nichts mehr und zog verlegen wieder ab. Er dürfte danach Folgendes in die Akte geschrieben haben: *Unter unklaren Umständen verschwunden. Mögliche Fährte: von der früheren Leitung ergriffene Maßnahme?*

Nach Alinas Tod blieb Schoschanna ganz allein zurück. Sie sah zum Fenster hinaus und wartete auf das Knattern der Dnjepr. Ging Schenja entgegen und dankte ihm unaufhörlich. Der Postbote hatte immer seine Zweifel, vertraute sie jedoch, soweit bekannt, nie jemandem an.

In den Neunzigerjahren passierten allerdings große Veränderungen. Es war sehr ungewöhnlich, dass Kira nicht nach Miroslaw zurückkehrte. In Tat und Wahrheit hätte er es längst tun können. Er schrieb, er habe geheiratet und Arbeit in einem Verlag in Bogotol gefunden, sei aber auch sehr krank und könne deswegen nicht reisen. Die Zwangsarbeit haben seine Gesundheit für immer ruiniert. Dafür werde er endlich den Traum seines Vaters Dimitri verwirklichen – einen Gedichtband zu veröffentlichen. Schoschanna wartete, gedankenvoll.

XL

Brief Nr. 4

Kira,

gestern bin ich mit meinen beiden Enkeln spazieren gegangen, und dabei überkam mich plötzlich ein Gefühl: Ich war nicht ich, sondern mein Vater, unser Vater Viktor, während Mik und Wassja ich und Du waren, und es war dasselbe wie damals, wenn Papa mit uns nach draußen ging. Ich nehme an, dass er seinerzeit denselben Eindruck hatte und meinte, er wäre sein Vater, der Tierarzt, der ihn zu der eleganten Dame mitschleppt, um deren Hündchen zu behandeln. Manchmal frage ich mich, ob es so schlimm ist, wenn man sich vorstellt, die dünne Membran zwischen uns zerreiße manchmal und die Grenzen zwischen mir, Dir, Viktor, Dimitri und anderen würden so verwischt, dass sie nicht mehr zu erkennen sind.

Ich hoffe, Du hast nichts dagegen, dass ich einen Lyrikband von Dir veröffentlicht habe. Leider habe ich nur drei Gedichte gefunden. Alle anderen hast Du vernichtet, als Du damals alles vernichtet hast. Die drei verbliebenen heißen (wer wüsste das besser als Du): »Nie sah ich einen Zitronenbaum in Blüte« (Sina liebte es), »Fundstücke« (das einzige, das Viktor Bulatowitsch wirklich schätzte) und »Die Unbekannte im Chinchillapelz« (ich glaube, es geht da um die Lehrerin Besrukowa. Korrigiere mich, falls ich mich irre). Den Rest habe ich trotz meiner eher mangelhaften literarischen Fähigkeiten selbst besorgt.

Vor ein paar Monaten sind Schoschanna und ich nach Moskau gefahren, sie wurde von Iwanow an beiden Augen operiert. Zu Beginn waren die Ärzte unschlüssig, ob ein solcher Eingriff bei einer Frau ihres Alters die vernünftigste Lösung sei, aber ich bestand darauf und konnte sie überzeugen. Es lief alles glatt. Wir sind von dort weggegangen, als hätten wir einen Preis eingeheimst für etwas, das wir gar nicht absichtlich getan haben. »Die wahren Feste finden in den Augen statt«, so der Titel eines Deiner verloren gegangenen Gedichte, erinnerst Du dich?

Wir sind über eine Woche in Moskau geblieben. Sie wollte die postsowjetische Version unserer Hauptstadt sehen, überall Neonlicht und Werbetafeln. Es erinnerte sie an einen großen Weihnachtsbaum. Auf einem Spaziergang über den Arbat kündigte ich ihr dann eine Überraschung an. Ich führte sie zum Schaufenster einer Buchhandlung und wies mit theatralischer Geste auf ein beleuchtetes Buch. Mit zusammengekniffenen Augen versuchte sie den Titel zu lesen. Es gelang ihr. Aus dem Chaos entsteht das individuelle Sein. Gedichte von Kirill Florensow. Ein freudiger Schauer durchfuhr sie.

Wir betraten die Buchhandlung, und sie wies mit dem Stock auf den Band im Schaufenster. »Sofort, meine Dame«, sagte der Buchhändler. »Glauben Sie mir, der Band wird noch zum poetischen Ereignis des Jahres. Gerade heute hat ihm ein großer Kritiker in der Literaturnaja Gaseta einen Artikel gewidmet.« Er legte das Buch mit seinem glänzenden Umschlag auf den Ladentisch. Sie nahm es in die Hand, drehte und wendete es und drückte es sich schließlich an die Brust. »Wissen Sie, es ist von meinem Sohn!«, sagte sie und lächelte den Mann an. »Wirklich? Herzlichen Glückwunsch, meine Dame«, sagte der Buchhändler mit einem anerkennenden Nicken. »Bestimmt sind Sie stolz auf diesen Sohn.« Sie pflichtete ihm zufrieden bei, ohne etwas zu sagen.

Wir kauften vier Stück und kehrten gleichentags nach Hause zurück. Als wir am Ryschi Rog vorbeifuhren, an Viktors Buckel, fiel uns der rege Betrieb auf – die Eröffnung eines modernen Luxushotels stand unmittelbar bevor. Damit nicht genug, buhlte an der Einfahrt nach Miroslaw auch noch ein Schweinsgesicht auf weißem Grund um unsere Stimme bei den nächsten Wahlen. Ich begleitete Schoschanna nach Hause und hastete, ein Exemplar des Buchs unter dem Arm, in die Bibliothek. Setzte mich an den Schreibtisch und fügte Deinen Vor- und Nachnamen zur Liste der Autoren in unserem Katalog hinzu. Dann trug ich den Band zum Regal Derschawin–Futschik und stellte ihn dort in beneidenswerte Gesellschaft, mit Florenski zu seiner Rechten und Foscolo zu seiner Linken.

Gegen Abend schaute ich wie immer bei Deiner Mutter vorbei. Wir tranken unseren Tee, aßen Kekse und redeten über Dein Buch. Irgendwann merkte ich, dass ihr die Augen zufielen. Ich begleitete sie ins Schlafzimmer und half ihr unter die Decken, so gut ich konnte. Dann ging ich ins Wohnzimmer, schaltete den Fernseher aus, obwohl er nur leise lief, nahm einen Stuhl und ein Buch und kehrte zu ihr neben das Bett zurück. Setzte mir die Brille auf und begann im Licht einer Lampe zu lesen, die die Form eines Schiffes hatte und auf dem Nachttisch gestrandet zu sein schien. Ihr Schalter kam mir vor wie ein Beiboot, das mit einem dünnen Tau an einem Linienschiff festgebunden war, während das andere Kabelende sich im Dunkel des Fußbodens verlor. Nach wenigen Zeilen schlug ich das Buch wieder zu und blieb einfach dort sitzen. Ich wollte unsere Mutter nicht allein lassen, in der großen Seenot des Schlafes.

~~Kommentar zu Brief Nr. 4~~

Foto: Maricò Panzarella

Ruska Jorjoliani wurde 1985 in Mestia, Georgien, im Großen Kaukasus geboren. Anfang der Neunzigerjahre flüchtete die Familie vor ethnischen Säuberungen nach Tiflis, wo Ruska Jorjoliani, ausgehend von regelmäßigen Aufenthalten bei einer Gastfamilie in Palermo, später das italienische Gymnasium besuchte. Seit 2007 lebt sie fest in Palermo und hat dort ein Philosophiestudium abgeschlossen. Als sie mit italienisch verfassten Gedichten einen Literaturwettbewerb gewinnt, entscheidet sie sich, ihren ersten Roman, *Du bist in einer Luft mit mir* (2016), auf Italienisch zu schreiben – mit einem Gedichtanfang von Boris Pasternak als Titel.

Barbara Sauser, 1974 in Bern geboren, lebt als freie Übersetzerin aus dem Italienischen, Französischen, Russischen und Polnischen im Tessin. Für die Edition Blau hat sie bereits Paolo Cognettis *Fontane Numero 1* ins Deutsche gebracht. www.barbarasauser.ch

»Pascale Kramer ist eine Meisterin der Zwischentöne, des beredten Schweigens, der ›non-dits‹. Eine, die die Zeichen der Zeit – und des Zeitgeistes – virtuos dechiffriert.«

Bundesrat Alain Berset anlässlich der Verleihung
des Schweizer Grand Prix Literatur 2017

Pascale Kramer

Autopsie des Vaters

Roman

Aus dem Französischen
von Andrea Spingler

176 Seiten, gebunden
2. Auflage 2018
978-3-85869-759-2
Fr. 25.– | € 22,–

Ania hat ihren Vater jahrelang kaum gesehen. Da erreicht sie ein Anruf seiner Frau: Gabriel hat Selbstmord begangen. Der Freitod scheint im Zusammenhang mit dem Skandal zu stehen, den er als linken Radiojournalist ausgelöst hat, als er öffentlich Partei für zwei junge Einheimische ergriff, die einen afrikanischen Sans-Papiers brutal ermordet haben. Als sich Ania zur Beerdigung aufmacht, schlägt ihr in dem tief gespaltenen Dorf eine hasserfüllte Atmosphäre entgegen. Aber auch in ihrem alten Elternhaus stößt sie einzig auf Fremdheit. Wie konnte es dazu kommen, dass ihr Vater eine solch unerträgliche Wendung vollzog?

EDITION BLAU

»Yael Inokai erfüllt mit diesem Buch die hohen Erwartungen,
die man nach ihrem Erstling *Storchenbiss* haben durfte.
Es überzeugt durch seine Dringlichkeit, Dichte, Welthaltigkeit
und Exaktheit.«

Manfred Papst, NZZ am Sonntag

Yael Inokai

Mahlstrom

Roman

180 Seiten, gebunden
2. Auflage 2018
978-3-85869-760-8
Fr. 26.– | € 22,–

Einen starken Sog auslösend, erzählt Mahlstrom die
Geschichte sechs junger Menschen, die in einer dicht
verwobenen Dorfgemeinschaft herangewachsen sind.
Zugleich geschützt und bedroht von den engen Banden,
sind sie im Erwachsenenleben angekommen und
stecken doch noch knietief in der Kindheit. Erst als eine
von ihnen, Barbara, sich im Fluss ertränkt, gerät der
Stein ins Rollen: Die Übriggebliebenen müssen sich
einem Verbrechen stellen, dessen sie sich vor mehr als
zehn Jahren schuldig machten.